神戸残影

久元喜造

神戸残影

目次

Ⅲ

Ⅳ

V

I

市電が走っていた頃

市電の勇姿は、懐かしい。ときおり想い出すのは、花電車だ。「神戸まつり」の前身、「みなとの祭」のとき、神戸市内を走っていた。小学校の頃だっただろうか、幼稚園の頃だっただろうか、湊川公園のトンネルの入り口に陣取り、花電車が通るのを見守った。多くの沿道住民が押し寄せ、熱気に包まれていたのを想い起こす。

「みなと音頭」が流れていた。どこで歌われていたのかは覚えていないが、今でも、一番の歌詞は覚えている。

神戸みなとは、街から街へ　ヨイヤサ
みなと祭りの　みなと祭りの灯がつづく
みなと祭りの　灯がつづく
みなと祭りの　ヨイヨイ　ヨイヨイ

灯がつづく

市電にはよく乗った。当時の須磨の水族館にはよく行った。市電も水族館もものすごく混んでいた。須磨の海水浴場で泳いだが、海の水はあまりきれいではなかった。水の中で目を開けると、緑色に濁っていて、目がひりひりしたのを覚えている。

市電に乗って、王子動物園にも行った。寝坊して慌てて市電に飛び乗ったものの、電車賃の持ち合わせがなく、降りるとき途方に暮れたが、「また今度、はろてね」と優しく見逃してくれた。川池小学校の同級生が広い園内のどこにいるのかなかなかわからず、遭遇できて本当にほっとした。

神戸の市電の草創期の正式名称は、神戸電気鉄道市街電車。第一号は、一九一〇年（明治四十三年）

「みなとの祭」の花電車（昭和40年頃）（写真提供神戸市）

四月、春日野—兵庫駅前間で走り始めた。一九一二年（大正元年）、布引線（滝道—熊内一丁目）が、一九一三年（大正二年）、兵庫線（楠公前—築島—柳原）と平野線（有馬道—平野）が開業した。一九一七年（大正六年）、神戸市が神戸電気鉄道株式会社の事業を買収し、市営の路面電車、市電となった。

その後も路線の新設、延長は続けられる。一九二一年（大正十年）、山手・上沢線の「加納町三丁目—大倉山—上沢通七丁目」が開通し、一九二二年（大正十一年）には、山手・上沢線が上沢通七丁目から長田まで延長され、湊川線（湊川公園—新開地）、尻池線（長田—菅原通五丁目）、楠公東門線（大倉山—楠公前）が次々に開通していった。こうして市電の歴史をたどれば、私が子供のころ身近に見て親しんだ市電の路線は、そのほとんどがすでに大正時代に開通していたことになる。

一九二四年（大正十三年）には、和田車庫が完成し、その後も、尻池線の延長、和田線、須磨線、高松線、税関線が開通していった。一九三五年（昭和十年）、車掌に女性が採用され、進行方向に向かって二人掛けになったロマンスカーも登場し、神戸市電は、市内外から「東洋一の市電」とたたえられた。さらにその後も、脇浜線の開通、須磨線の須磨駅前までの延長、板宿線の開通が行われた。すでに戦争の敗色が濃くなっていた一九四四年（昭和十九年）に、石屋川線の「原田―将軍通」間が開通していることも目を引く。

神戸は、空襲で市街地が焼け野が原になり、市電も大きな被害を受けた。

戦災からの復興の中で、市電も大きな役割を果たす。神戸は焼け野が原の中から急速に発展し、市電はいよいよ黄金期を迎える。今から振り返れば、その時期は、一九五三年（昭和二十八年）から一九五六年（昭和三十一年）ごろだったと考えられている。一九五三年（昭和二十八年）に運賃値上げを行ったが、それでも乗車効率は一〇〇％近く、一九五四、五五年（昭和二十九、三十年）には大きな黒字を確保することができた。神戸市交通局は、収益を活用し、一九五五年（昭和三十年）には奥摩耶

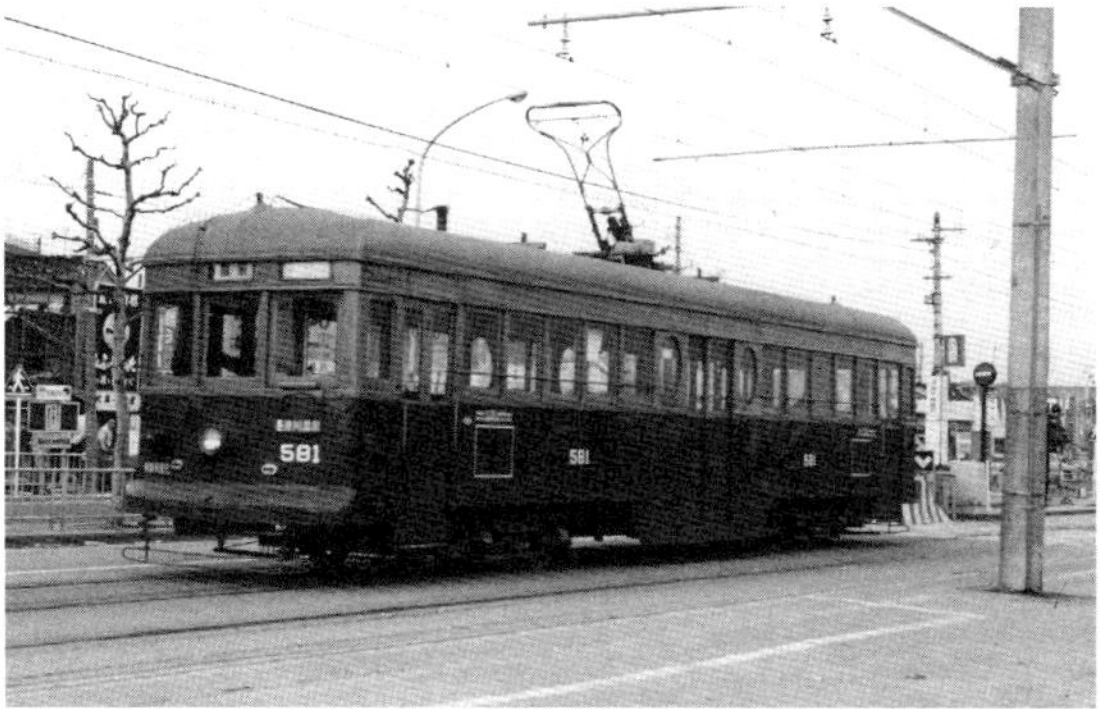

「水族館前」の神戸市電（写真提供神戸市）

ロープウェーを開設、一九五七年（昭和三十二年）には須磨水族館をオープンさせた。市電の「若宮町」の停留所は、「水族館前」と改められ、多くの小、中学生の団体や行楽客を運んだ。その中に、当時、川池小学校に在学していた私もいた。

昭和三十年代半ばころには、急激なモータリゼーションが始まり、市電の運行には問題が生じるようになった。軌道には自動車が入り込んで、運行時速が落ち、市民の市電離れが起きるようになった。市電の収支にも影響が出始め、やがて赤字が膨らんでいった。

対照的に利用者が増えたのが、市バスだった。市バスの利用客は顕著に増加していく。自動車の増加、交通戦争とも呼ばれた交通事故の激増、利用者の市電から市バスへの移行、市電事業の収支の悪化といった要因が重なり、赤字路線の撤去が話題になり始める。一九六六年（昭和四十一年）、税関線の廃止を皮切りに、短期間のうちに次々に路線が廃止されていった。一九七一年（昭和四十六年）三月十三日、栄町、高松、板宿線などで〝さよなら電車〟が走り、こうして、神戸の市電は全線が姿を消した。

全盛期には最長三五・六キロメートルの路線網を誇った神戸の市電。グリーンとクリームのツートンカラーは、現在の神戸市営地下鉄に引き継がれている。

市電の廃止から半世紀近い歳月が流れ、大都市の交通環境も大きく変わった。現在、路面電車は、CO2排出の少ない交通機関として注目され、いくつかの都市で路面電車が新しく導入されたり、路線も延長されたりしている。

路面電車には、ほのぼのとした温かい雰囲気がある。楽に乗り降りすることができるので、お年寄りにも、障がいのある方にも優しい交通手段と言える。たくさんの乗り越えなければならない課題があることは事実だが、これからの移動手段として、次世代型路面電車システム（LRT）の導入を考えていきたい。神戸市内で考えられるのは、やはり、三宮からフラワーロードを南下し、国道二号を渡り、ウォーターフロントを東西に走るルートではないかと思う。三宮再整備、ウォーターフロントの開発の熟度を高めながら、その可能性を模索していきたいと思う。

それにしても、市電の歴史を振り返って感じるのは、市電の路線を次々に開業、延長し、逆に戦後、市電が邪魔になると見極めれば、矢継ぎ早に路線を廃止していった、往時の神戸市政のスピード感だ。見習わなければならない。

神戸の音風景

中谷美紀さん主演『繕い裁つ人』。神戸を感じさせる素晴らしい映画だ。祖母が始めた洋裁店を受け継いだ二代目の店主、南市江が主人公。神戸の坂の上に佇む古い洋館で、ひたすらミシンを踏み続ける。洋館には、「南洋裁店」の古い看板が掛かっている。

偉大な仕立て人であった祖母を超えられず、自分なりの服を創りたいという願いを押し殺し、祖母が仕立てた服の繕いにいそしむ日々。そこへ、大丸神戸店の藤井が市江の技に着目し、ブランド化の話を携えてやってくるところから、ドラマが始まる。

祖母が仕立て、そして、市江が繕い続けてきた服を大事に着ながら生きてきた人々。そんな人々の密かな楽しみは、年に一回開かれる「夜会」だ。三十歳以上で、南洋服店で仕立てた服を着続けてきた人だけが参加することができる。美しく咲き誇る花々に囲まれ、人々が弦楽四重奏の生演奏に合わせてダンスを踊り、グラスを傾けるシーンは、観る者を美しいメルヘンの世界に誘う。

中谷美紀さんは、凛とした美しさを湛え、誇り高く、優しい主人公を演じる。そして、この映画のもう一人の主役は、「洋服」だ。神戸が誇る洋服業界のみなさんが、制作に貢献された。

神戸の光景も、この穏やかで奥行きの深い映画の大事な舞台装置となっている。坂道とともにある成熟した街並み、眼下に望む神戸の街、港、そして光る海。

そして、音も効果的に使われている。坂道を主人公が歩く靴音、ときおり聞こえてくる教会の鐘、阪急電車が走り去る音……街の音が神戸の風景を彩る大切な役割を果たしている。この映画を観て、もしかしたら、神戸という街の個性は、街の中で聞こえてくる音にもあるのではないかと思った。

『繕い裁つ人』から聞こえてくる音。そして、NHK朝の連続ドラマ『べっぴんさん』でも毎回のように聞こえてきた汽笛の音。神戸には、神戸らしい音たちがたくさんある。

ときおり、音と結びついた風景が蘇ってくることがある。それらは私的な記憶なのだが、都市の記憶の中の一シーンでもある。神戸という都市の記憶は、これまでこの街に住んできた数えきれない人々が見た風景たち、聞いた音たちの集合体だ。

令和の時代は、さらにテクノロジーが進化し続けるであろう。いつの日にか、私たちが見た風景、聞いた音を脳から外部に取り出し、保存することができるようになるかもしれない。もちろん、本人の承諾と、風景や音の中にある特定の人物に関する映像や音声を取り除くことが前提だが、それらの風景や音たちをデータベースにすることは、おそらく夢ではないだろう。

このような企ては、街づくりの観点からは魅力的だ。風景と音が結びついた記憶のデータベースを参照しながら街づくりを行う可能性が大きく広がるからだ。日本中の都市がなぜ今のように没個性的になってしまったのか。その大きな原因は、それぞれの都市が持っていた記憶を顧慮せず、そのときどきの発想や流行で街をつくってきたからだろう。「ワッペン都市」という言葉が現れたのは、相当以前のことだと思うが、都市の没個性化はさらに加速している。

都市の記憶データベースが実現するかどうかは別にして、一人ひとりが記憶をたどり、想像力で補うという作業も有効かもしれない。「音風景」という言葉があるが、音と風景を結び付け、かつて存在していた街を想像する手法だ。想像力を膨らませる材料としては、過去の記録、例えば、昔の写真や映像、音風景を記述した文字情報などが挙げられる。

私は、以前、札幌に三年余り住んだことがある。札幌のシンボルと言えば、時計台。札幌市役所のすぐ近くにある時計台は、知名度とは裏腹に、周りの高いビルたちに囲まれ、目立たない存在だった。一日に何回か鐘の音が鳴るが、少し離れると車の走る音などに邪魔され、もう聞こえなかった。

昔はそうでなかったことは、一九二三年（大正十二年）に高階哲夫が作曲した「時計台の鐘」の歌から窺える。

「山の牧場の羊の群れも、黙っておうちへ帰るだろ。時計台の鐘が鳴る」という一節だ。一九二〇年代、札幌はすでに大きな都市だったが、それでも、時計台の鐘の音が、市街地から遠く離れた郊外の牧場にまで響いていたことがわかる。

昔から変わらず鳴っている音に耳を澄ませ、かつての写真や絵画をじっくり眺め、当時の記録や文献を読みながら、かつての都市の風景を想像してみるのは、楽しいひとときだ。

私的な記憶をたどれば、私にとっての神戸の音風景は、もちろん、一九二〇年代の札幌とはまったく違っていた。一九六〇年代の神戸の新開地。ゆったりと牧場の羊たちに届く時計台の鐘の音とは対照的に、至近距離で浴びせられる音は、パチンコ店の軍艦マーチだった。それが何と勇壮で、うるさく、そして心地よかったこと！　パチンコの玉がじゃらじゃらと響く音もはっきりと耳に残っている。両親も、祖父母も、幼稚園児か小学生になったばかりの私をパチンコ店に連れていくことはなかったので、店内の音が、新開地の通りにガンガン響いてきていたのだろう。それは、間違いなく、あのときの新開地の音風景だった。たくさんの人が行き交い、まさにカオスの世界だった。

パークタウンができる前の、湊川商店街の喧騒も、よく覚えている。とにかく、人が多かった。間口がほんの少ししかない小さなお菓子屋さんの店先には、たくさんのお菓子が山積みにされていて、坂道の両側にある魚屋さんからは、威勢のよい掛け声が響いてきた。サイズの違うイカナゴが丁寧により分けられ、山積みされた台の上には、蠅捕り紙がくるくると回り、それでもブンブンと飛び回る蠅たちの羽音も、市場の風景に溶け込んでいたように思う。

喧騒にあふれていた新開地・湊川から鈴蘭台に引っ越すと、まったく違う世界が広がっていた。周りには里山が広がり、すべてが珍しく、夢中になって野山や田んぼを駆け巡って遊んだものだ。

あれは、確か、鈴蘭台に引っ越したばかりの、一九六四年（昭和三十九年）の秋のことだった。当時私は小学校五年生で、しばらくは神戸電鉄に乗り、湊川の川池小学校に通っていた。山を切り開いて造成された小さな団地のすぐ近くに、団地を見下ろす小高い山があり、その山によく登っていた。弟や友だちと、山の中に秘密の基地をつくったり、カブトムシやクワガタを捕ったりして遊んだものだ。山のてっぺんには、小さな祠があり、祠の横には、大きなアカマツの木がそびえていた。私は、ときどきひとりでこの山の頂上に登って、祠の横に腰を下ろし、自分が住む小さな街を見下ろしたり、空を雲が流れているのを眺めたり、さらに遠くに広がる山々を望んだりするのが好きだった。

ある日、いつものように、祠の横でぼんやりとした時間を過ごしていると、何か不気味な気配がしてくるのを感じた。祠とアカマツの一メートルほど下には、左右に獣道が走り、祠の少し左側で直角に曲がって麓に下っていた。不気味な気配は、獣道の右手から漂ってきていた。そして、やがて、何かが、何者かが、枝や草木を揺らし、落ち葉を踏みしめて動いているような音となって近づいてきた。

音が聞こえてくる、獣道の右手の方を見遣ると、それは野犬の群れだった。野犬の群れが、一列になって近づいて来たのだ。吠えるのでもなく、唸り声を上げるのでもなく、ひたすら、黙々と近づいて来る。ワンワン吠えないのが却って恐ろしく、何とも言えない殺気を周囲にまき散らしていた。

もし、見つかったら、かみ殺される、そう思った私は、アカマツの木によじ登ろうとした。しかし、アカマツには手の届くところに登っていけるような枝はなかった。逆方向に逃げると、枯れ草などが音を出し、見つかることは間違いない。ひたすら息を潜め、すぐ下の獣道を野犬が通りすぎるのを待つしかなかった。

最後の一匹が通り過ぎ、もう戻ってくる気配がなくなるまで、どれだけ長く感じられたことだろう。野犬の群れは、十匹どころではなく、二十匹以上は確実にいたように思う。ほとんどの野犬が黒か濃い茶色で、まったく隙間をあけず、びっしりと、ひたすら黙々と進んでいくさまは、本当に不気味だった。

助かった、と思って我に返った瞬間、体から力が抜けたように感じたのを覚えている。私は、長い間、祠の横に寝そべり、雲が流れていくのを見ていた。

あのときの光景は、脳裏に焼き付いている。そしてそれは、あれだけたくさんの野犬がいながら鳴き声や唸り声を発しない、不気味な空気の振動としての音の記憶として、脳内の記憶装置の中に格納されている。それは、私にとり、極私的な音風景の記憶となっている。私は、恐怖にさいなまれながら、枯れ葉に敷き詰められた土の上に顔を押しつけ、時間が過ぎるのを待っていた。枯草の匂い、口から入ってくる土の味……私は、今から思えば、視覚、聴覚、嗅覚、味覚、触覚の五感を統合し、必死に世界を把握しようとしていたのだ。そして、あの瞬間、私の中で、何かが変わったのではなかったかと、今になって思う。

雨の追谷墓地

雨が降り続く夜などに、合唱組曲『水のいのち』をときどき聴く。高野喜久雄作詞、高田三郎作曲。演奏は、神戸市混声合唱団。五曲からなる合唱組曲の第一曲は、『雨』。好きな合唱曲の一つだ。

降りしきれ　雨よ
降りしきれ
すべて　立ちすくむものの上に
また　横たわるものの上に
降りしきれ　雨よ
降りしきれ

すべて　許しあうものの上に
また　許しあえぬものの上に

いがみ合ったり、憎み合ったり、傷つけ合っても、本当は、最終的に赦し合うことができたら、それがいちばんよいのだろうが、ときには、赦し合うことができないことがあるのは、人の世の常かもしれない。そんな赦しあえぬ人々の上にも、雨は降り続ける。子供の頃、残念ながら、いさかいの多い家庭だった。両親と祖父母は、最終的にお互いを赦し合うことができなかったように思う。

東京にいたとき、ひとり居酒屋のカウンターで冷や酒をあおるとき、よく浮かんできたのが、米国民謡『峠の我が家』だった。草原にはバッファローや鹿が遊び、空は雲一つ無く晴れ渡り、夜空には星がまたたく――そんな、ふるさとを歌い上げた讃歌だ。

初めてこの歌を聴いたのは、たぶん中学生のときだった。この歌には、次の歌詞が、二回、あるいは三回出てくる。

Where seldom is heard a discouraging word
人を落胆させるような言葉を聞くことは、ほとんどない。

ふるさとでは、「人を落胆させるような言葉」は聞かれなかった。友だちや顔見知りの人々は、善良でおおらか。いつも笑顔で優しく話しかけてくれたのだろう。同時に、そのような郷愁は、おそらくは、ふるさとから遠く離れた大都会での生活が、その逆の姿であったことを想像させる。大都会で、がっかりするような言葉をかけられる日々の中で、美しく、優しかったふるさとへの郷愁は、いっそう強くなっていく。

私も、四十年間、神戸を離れていた間、よく、ふるさとを想い起こしたものだ。ただ、私が生まれ育った昭和三十年代の新開地近辺は、緑あふれる草原でもなければ、鹿が遊ぶのどかな田園でもなかった。家の中ではいさかいが絶えず、家の外でも、何でそんなこと言うんやろ、とがっかりするような言葉がひんぱんに聞かれた。

活気にあふれていたが、まだ貧しく、あちこちで罵声、怒声、奇声、嬌声が飛び交う、混沌とした世界だった。通りでは愚連隊が肩を怒らせて闊歩し、公園では傷痍軍人がハーモニカを吹いて喜捨を乞い、ルンペンの親子が竹篭を背負い、怒鳴られながら廃品を拾い集めていた。

それでいて、人情味あふれる世界でもあった。天使のようだった女性の顔も思い浮かぶ。私は、どこかの街の酒場のカウンターでひとり冷や酒を煽り、『峠の我が家』を口ずさみながら、“a discouraging word”もあふれていた私のふるさとを、心の中で抱きしめたのだった。

いま、両親は住吉霊園に、祖父母は追谷墓地に眠る。東京にいたときを含め、両方の墓にお参りしてきたが、墓参りする日は、不思議に雨の日が多かったことを思い出す。とくに追谷墓地は、物心ついたときからお参りしてきた古い墓地で、静かに雨が降り注ぐ追谷墓地の風景は、私にとってもっとも見慣れた神戸のシーンのひとつだった。佇まいは、半世紀以上前からほとんど変わっていない。

追谷墓地は、かつての国立移民収容所、現在の「海外移住と文化の交流センター」横の坂道を上がり、再度山に向かうトンネルの手前を右折して坂道をさらに上がったところにある。入り口には、「神戸區追谷墓地」の古い石碑が立っている。以前は、この「神戸区」とは神戸市の前身である神戸区のことで、一八八九年（明治二十二年）に市制が敷かれる前に、神戸区が墓地を整備したのだろうとずっと想像していた。ところがそうではなく、財産区である神戸区が追谷墓地をつくったことを知ったのは、神戸に帰ってきて、市役所で働くようになってからのことだった。

財産区とは、山林などの土地や集会所、墓地、ため池などを管理している団体で、神戸市は全国的にも財産区が多い自治体である。財産区の淵源は、一八八八年（明治二十一年）の市制町村制に遡り、内務省は、昭和に入ってから財産区を積極的に市町村に編入しようとし、神戸市でもそのような政策がとられたが、編入の道を選ばず、財産区を存続させている地域が多いのが、神戸の特徴である。

「神戸區追谷墓地」の碑

戦前、神戸市の中心部に存在した神戸区財産区は、一九二五年（大正十四年）、城ヶ口にあった墓地を移転するため、市街地に隣接する国有林の一部を大阪営林署から譲り受け、追谷墓地を整備した。一九三八年（昭和十三年）七月の阪神大水害で壊滅的な被害を受け、ほとんどの墳墓が倒壊埋没したが、公園の様式を取り入れて復旧された。水害の経験から、排水設備に意が用いられている。戦後になって、一九四八年（昭和二十三年）、神戸区から神戸市に墓園の管理が引き継がれ、神戸区財産区は解散した。

追谷墓地には、第四代市長・鹿島房次郎、第八代市長・勝田銀次郎、第一〇代市長・中井一夫が眠っている。

雨の日の夕刻、ほかに墓参に訪れる人もなく、ただ雨が、祖父母の墓石の上に、五色の石の上に、水たまりができた墓道の上に、そして、墓地を囲む山々の上に、降り続いていた。

六甲山への先人の想い

毎朝、六甲山を仰ぎ見るとき、神戸に住んでいる幸せを感じる。緑豊かな六甲山は、市民のシンボルであり、誇りだ。このような現在の姿は、先人たちによって創り上げられてきたものだ。

明治の初め、六甲山は、はげ山だった。植物学者の牧野富太郎は、当時の六甲山を見て、「雪が積もっているかと思った」と言ったと伝えられる。樹木のない六甲山からは、大雨のたびに土砂が流れ出し、街に被害を及ぼした。

これを解決するため、一九〇二年（明治三十五年）から、大規模な植林が開始される。そして、異なる分野の人々の叡智と技術、そして、見事な協働作業によって、六甲山は、緑豊かな山として蘇っていった。現在の六甲山が、先人たちのこのような長い年月の取り組みによって存在しているという歴史を、私たちは忘れてはならない。

二〇一四年（平成二十六年）の広報紙ＫＯＢＥの六月号で、「江戸時代、はげ山だった六甲山を緑豊かな姿に再生させたのは、明治期の先人による努力の賜物です」と記したところ、読まれた方が、「本多静六通信」のことを教えてくださった。この冊子は、埼玉県久喜市役所に事務局がある「本多静六博士を顕彰する会」が発行しており、お茶の水大学名誉教授の遠山益先生の論文が掲載されていた。

遠山先生の論文によると、六甲山の荒廃の歴史は古く、源平の合戦の頃から進んでいったようだ。とりわけ豊臣秀吉による大阪城築城に際しては、「六甲山の樹木伐採勝手たるべし」との布令が出され、江戸時代になると、伐採による荒廃はさらに加速していった。

明治に入り、神戸市は港湾都市として発展していく。一八八九年（明治二十二年）、神戸市が設置されると、初期の神戸市政がまず取り組んだのが、上水道の敷設であった。急激な人口増加によって井戸水を利用していた生活用水の水質の悪化がすすみ、コレラ、赤痢などの伝染病が流行して多数の市民が罹病するようになっていたのである。一八九三年（明治二十六年）、神戸市営水道が敷設されることになり、その水源の一つとして一九〇〇年（明治三十三年）に生田川上流域に布引貯水池が完成した。しかし、貯水池の水源とされた生田川上流域の山は著しく荒れ果てており、植林による再生が求められていた。

初代神戸市長・鳴瀧幸恭（在任一八八九―一九〇一）は、一九〇一年（明治三十四年）、植林調査を行い、植林計画を策定することとし、このための予算が計上された。これを受け継ぎ、本格的に植林事業に取り組んだのが、第二代神戸市長・坪野平太郎（在任一九〇一―一九〇五）である。

坪野市長が頼ったのは、林業の専門家で、日比谷公園、明治神宮などの造営にかかわり、日本の公園の父とも呼ばれる本多静六博士だった。遠山先生の論文によれば、坪野は市長になる前の一八九〇年（明治二十三年）、欧州に向かうフランス船の中で本多博士と知り合ったという。

坪野は市長になると、六甲山系の治水の調査、砂防造林の設計を本多博士に委嘱する。本多博士の指導による植林の特徴は、常緑樹と落葉樹、針葉樹と広葉樹の配合であった。また、四季折々の色彩などにも考慮が払われた。本多博士によるこの造林で特筆されるのは植栽樹種の多さで、二十数種類の樹木が植栽された。

時代は下って、神戸は一九三八年（昭和十三年）、阪神大水害に見舞われるが、災害後、視察に訪れた本多博士は、講演会で、「とにかく三十六年前には周囲の諸山がことごとく岩石や砂の崩壊せる地獄谷であってその底にわずか一段歩ばかりの水溜りしかなかった鹽ヶ原《しおがはら》が、いまや全山緑滴るばかりの美しい松林とかわり、そのもとに満々たる一大湖水を生じて、数多くの若人たちが舟遊びをしている極楽谷に成り変わっていましたことは、私は当時を思い出して今昔の感に堪えず」と述べている。(『六甲山緑化一〇〇周年記念　六甲山の一〇〇年　そしてこれからの一〇〇年』二〇〇三年、神戸市)

私は子供のころからよく六甲山に登ってきた。本多博士の講演に出てくる修法ヶ原の池にも遠足やピクニックでよく行った。追谷墓地に折れる道のトンネルを越えると、まさに緑滴る山々が続く。六甲山系の山々は、先人が苦労して創り上げてきた神戸市民の財産だ。六甲山は、白神山地などの手つかずの大自然ではなく、人の手が入ることによって今の姿になった自然である。六甲山を後世に伝えていくためには、私たち自身が六甲山を荒廃から守り、後世に伝えていく責務がある。

そこで神戸市では、これからの一〇〇年を見据えて、二〇一二年(平成二十四年)四月に「六甲山森林整備戦略」を策定した。六甲山全体を、五つの「戦略的ゾーニング」(災害防止の森、生きものの森、地球環境の森、景観美の森、憩いと学びの森)に区分し、ゾーンごとの目標像や整備方針を定めている。例えば、「地球環境の森」では、二酸化炭素の吸収力が高く、エネルギーとして活用できる木を植樹することにしている。

同時に、自然に委ねるだけでは木々が繁茂し、植生の多様性が損なわれる可能性も大きい。これまでのように「植える」だけではなく、これからは「伐る」ことで山を守っていくことが必要だ。植生が移り変わる「遷移」を意識して、適度に木を「伐る」ことによって、明るい森づくりを行っていくことが求められている。

幻の神戸市公会堂構想

新藤浩伸『公会堂と民衆の近代』（東京大学出版会、二〇一四年）は、近代日本における公会堂に関する労作だ。旧知の牧原出東大教授の書評が読売新聞に掲載され（二〇一五年二月八日）、その中の「国策としたたかな庶民がせめぎあう舞台装置」という一節が記憶に残っていて、興味深く拝読した。きわめて実証的な研究で、資料的な記述も多く、細部を読み飛ばした部分もあるが、「人が集まることの意味」について、改めて考えさせられた。

明治の末期から、我が国では、各地で公会堂が次々に建設された。公会堂の代表的存在が、一九二九年（昭和四年）十月に竣工した日比谷公会堂だった。日比谷公会堂をはじめ大正期以降急増した公会堂には、どのような役割が期待されていたのか。筆者は、公会堂には、政治的討議を行う場（集会場）、娯楽を享受する場（劇場）、国民的な儀礼を行う場（儀礼的空間）、そしてメディアとしての機能という四つの機能があったと考える。そして、公会堂は、「特に、集会場と劇場という二つのアイデンティティの間でゆれており、提供される内容と来場者の受容との間にしばしばずれが生じていた」と指摘する。

興味深い分析だと思う。日比谷公会堂をはじめ各都市の公会堂では、政治集会にとどまらず、文化講演や娯楽演目も提供された。時局関係の催事では人々が集まらないので、政治講演とあわせて、漫談や映画などの娯楽が加えられたようだ。牧原教授は、「公会堂の持つ教育的機能と、集い・楽しみを求める人々の欲求との間には「ずれ」があった。国策としたたかな庶民がせめぎあう舞台装置。強靭な市民社会はそこから生まれるのだろうか」との感想を抱いておられる。

近代日本の大都市は、我が国で初めて市民社会が花開いた場所であり、そこには矛盾や葛藤が生じたが、そのような側面を孕みながらの、いわばハレの舞台が公会堂であったのかもしれない。大都市とは、矛盾と葛藤を抱えた非日常的祝祭空間という側面があり、その象徴が公会堂であったともいえる。そうであれば、東京、大阪など日本の大都市が、威容を誇る公会堂を建設し、それらの多くが現存している中にあって、神戸市で公会堂が建設されなかったことは、神戸が我が国を代表する大都市であり続けてきただけに、残念なことだと感じる。

神戸ではなぜ公会堂が建設されなかったのか。戦前、少なくとも二度、建設が構想されたことがあるようだ。

第一次世界大戦後、神戸は国際港湾都市として急速に成長を遂げ、公会堂建設を求める声が高まっていった。当初、神戸市は、商業会議所と合同で公会堂を建設することとし、兵庫県庁裏の土地に建設する案を立てて兵庫県と交渉したが、折り合わず、単独での建設に方針を転換する。

一九二一年（大正十年）三月、神戸市会は、「公会堂建設調査費」の予算を可決。一九二二年（大正十一年）秋、神戸市は、一八〇〇人を収容できる大集会室や大食堂を含むことを設計条件とした設計競技を募集し、翌年三月、前田健二郎と岡田捷五郎による図案が一等に選ばれた。この図案

幻の公会堂（大正期の設計図案）（神戸市文書館提供）

は、シンメトリーな構成をなし、三階の食堂を覆うアーチ状の屋根が正面中央奥に置かれ、両脇に階段室である棟が聳える意匠であった。実現していたら、堂々たる威容を誇る公会堂になったと思われるが、一九二三年（大正十二年）に関東大震災が発生し、構想は頓挫した。

昭和に入ると、六大都市で公会堂がないのは神戸市だけということになり、再び公会堂の建設計画が浮上する。一九二八年（昭和三年）には、市庁舎と市公会堂を新築する計画に関する一連の議案が市会に提出され、可決された。建設予定地としては、兵庫県立第一神戸高等女学校の運動場敷地を県から無償で払下げを受けることを予定していたが、土地の払下げが難航し、いったん市公会堂新築廃止の議案が市会で可決された。

しかし公会堂建設を求める声は根強く、一九三三年（昭和八年）、市公会堂に関する建議が起草され、市会で可決された。理由書には、公会堂が「市民大衆の集会」に機能するものであり、世界有数の港湾都市、日本の六大都市のひとつとして「市の体面」や「市民の文化生活」の点でも必要であるとの認識が示されている。一九三五年（昭和十年）には、皇太子殿下御降誕記念事業として、大倉山公園内に公会堂を建設するための予算が承認され、公会堂建築設計懸賞が募集され、当選作が決定、発表された。設計条件には、収容人数三五〇〇人内外の大集会場、演芸場、婚儀式場、ダンスホールとして利用できる大宴会場等を備えることが挙げられている。

武田健三による一等の図案は、地下一階、地上四階建てで、南に面して建つ。正面から入ると、南側部分の中央に広間が設けられ、これを介して西側に演芸場が、東側に大宴会場が配置されている。両方とも一・二階が吹き抜けた空間である。広間は北側部分につながっており、その北側部分には四階分の大空間をもつ大集会場がある。この広間により、演芸場、大演芸場、大集会場がそれぞれ独立して利用できるように工夫されており、この構成が高く評価されたという。

（神戸市紀要「神戸の歴史」第二七号より）

設計競技と並行して、大倉山公園では、公会堂建設

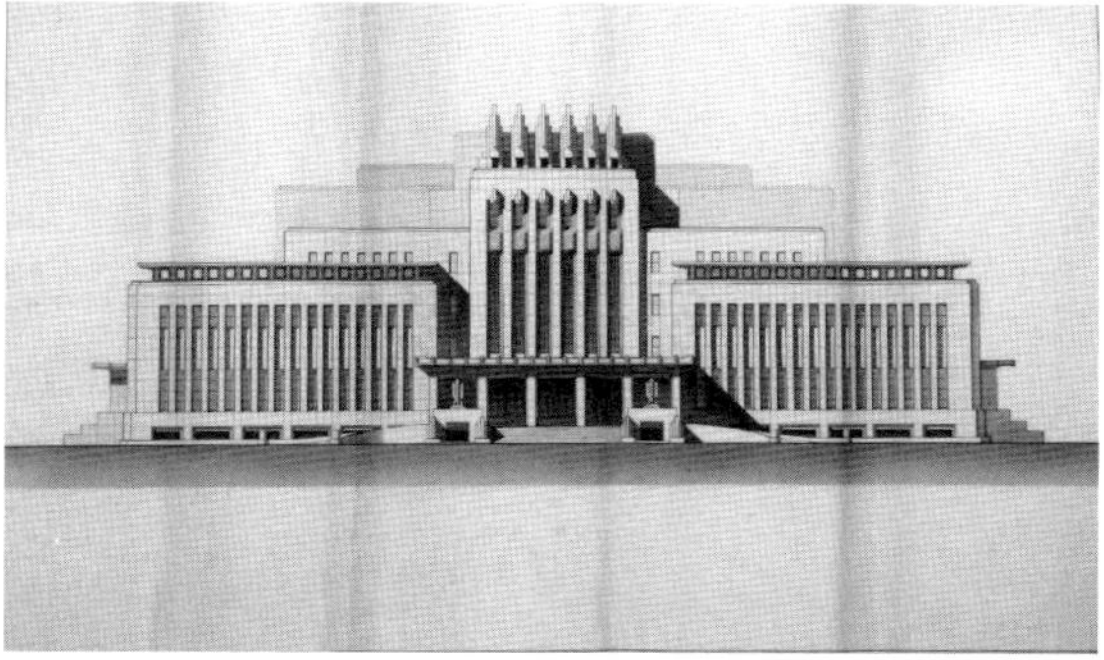

幻の公会堂（昭和期の設計図案）（神戸市文書館提供）

のため、土地の切り下げ工事の起工式が行われ、当選作品に基づく実施設計も進められた。しかし、一九三七年（昭和十二年）、盧溝橋事件が勃発し、鉄材の使用も制限される事態となった。翌一九三八年（昭和十三年）には、「国策に順応し、」公会堂建設を延期し、建設に関する予算を特別会計に移す議案が可決された。戦争末期の一九四四年（昭和十九年）には、公会堂建設事業を「一時中止」する議案が可決され、建設再開の余地は残す形としていたが、空襲で灰燼に帰した神戸にはもはや公会堂を建設する力は残っていなかった。

このような経緯により、神戸市では公会堂がつくられなかったが、それだけに、東灘区に現存する御影公会堂の存在は、神戸市民にとってかけがえのないものであり、貴重な財産となっている。

御影公会堂が竣工したのは、一九三三年（昭和八年）。当時は、兵庫県武庫郡御影町だった。白鶴酒造の七代目、嘉納治兵衛からの寄付により建設費の大部分が賄われた。設計したのは、旧神戸市立生糸検査所（現在のＫＩＩＴＯ）の設計にも携わった清水栄二（一八九五―一九六四）である。『続・御影町誌』（御影地区まちづくり協議会発行）によれば、「竣工当時は、阪神間には千人収容のホールは無く、その大きさと優美な大理石とガラスを多用した第一級の建築物として名を馳せ」たという。

一九四五年（昭和二十年）六月の空襲により大きな被害を受けたが、応急修理され、一九四七年（昭和二十二年）六月からは御影幼稚園の園舎として使用された。一九五〇年（昭和二十五年）、御影町が神戸市と合併して東灘区が誕生したとき、神戸市が修復を行った。合併を契機として、（財）御影振興会が設立され、長寿をお祝いする「尚歯会」が御影公会堂で毎年開催されている。一九五七年（昭和三十二年）十一月、公営結婚式場が開設され、一九五九年（昭和三十四年）の皇太子殿下ご成婚時には、申し込みに長蛇の列ができたという。一九八三年（昭和五十八年）に閉鎖されるまで、この場所で約二万組が挙式した。

一九九五年の震災で御影公会堂も被害を受けたが、

御影公会堂（写真提供神戸市）

致命的な損傷はまぬかれ、約一年間、避難所として使われた。それでも、歳月の流れによる老朽化で傷みが激しく、耐震基準も満たしていなかったため、神戸市は、御影公会堂の本格的な修復を行うこととした。修復は、来館者の安全を確実に確保するとともに、開館したときの御影公会堂の姿を忠実に再現することを念頭に置いて行われた。工事は二〇一六年（平成二十八年）四月から始まり、レンガの外壁を洗ったり、張り替えたりして、焼きむらがあり、色もまばらだったという当初の姿を復元するための努力が払われた。同時に、バリアフリー対策としてエレベーターや多目的トイレなども設置され、二〇一七年（平成二十九年）四月、竣工を見た。

御影公会堂が開設されたときからずっと店を構える地下一階の食堂の人気は高い。当時ホテルの宴会場で勤務していた鈴木貞さんが食堂を任され、一九五〇年代半ばから息子の利裕さんも厨房に立つようになった。現在は利裕さんの娘の真紀子さんが店主を勤め、伝統のデミグラスソースを提供している。名物のオムライス・セットは、今も健在だ。

地下一階には、御影が生んだ偉人、嘉納治五郎の記念コーナーも設置されている。治五郎の柔道衣姿の銅像のほか、足跡をたどる資料や自筆の書のレプリカなどが展示されている。

御影公会堂を訪れるたびに、風雪、そして戦災、震災に耐えてきた独特の雰囲気に感慨を覚える。

タカハシノブオが描いた神戸

私は絵がわからないが、見るのはとても好きだ。展覧会の楽しみ方は決まっている。まず、順路に従ってひととおり作品を鑑賞し、展示作品の中から印象に残った絵を記憶に留める。出口に来たらまた戻って、印象に残った作品をじっくり鑑賞する。名が通った絵でもさっぱり感興を覚えないこともあるし、初めて出会った絵画の前で、しばらく佇んでいることもある。やはり、わかっていないということだと思うが、それはそれで、自分にとってはかけがえのないひとときとなっている。

神戸出身、あるいは所縁の画家の作品を鑑賞するのも、楽しい時間だ。神戸はたくさんの画家を輩出している。川西英の版画は、小学生のころ、神戸新聞に連載されていて、周りの見知った限られた世界しか知らなかった子供にとって、神戸にはこんなにたくさんの綺麗なところがあるのか、とわくわくしたのを想い出す。小磯良平の作品は、六甲アイランドの小磯記念美術館でしばしば見入っているし、川西祐三郎、石阪春生の作品も素晴らしい。神戸出身ではないが、神戸を舞台に活躍した画家としては、小松益喜、菅原洸人、西村功、中西勝、鴨居玲などの作品を目にすることが多い。

これら綺羅星のごとく連なる芸術家の中にあって、評価が分かれるかもしれないが、異彩を放っている画家が、タカハシノブオではないかと思う。名前だけは知っていたが、初めて作品に触れたのは、二〇一四年（平成二十六年）秋にＢＢプラザ美術館で開催された「タカハシノブオ」展だった。「あるがままに生きた画家　叫ぶ原色・ものがたる黒」というサブタイトルが付けられていた。

本名、高橋信夫（一九一四―一九九四）は、戦後の神戸で活動した、たいへん個性的な画家だ。徳島県に生まれ、神戸で育ち、船員として働きながら、洋画家の今井朝路に師事し、画家を志す。中国、フィリピンと二度従軍し、神戸に帰還するが、妻は急逝。焦土となった戦後の神戸での幼い娘との生活は苦しく、結局は離別するしかなかった。神戸港で日雇いの苛酷な重労働をしながら、生きる証を求め、再び絵筆を握る。新開地のアパートに住み、港湾労働者として働きながら、創作活動を行った。

酒浸りの日々の中で、次々に作品が生まれていった。ＢＢプラザ美術館顧問の坂上義太郎さんによれば、「酒を必要とする時は、拾った板切れや洋服箱、あり合わせの厚紙などに描いて売った」という。「描いては売り、売ってはまた描く。けれどそうして手にした金は、すぐに酒へ化けてしまった」……

震災の直前の一九九四年（平成六年）五月八日、タカハシは明石の老人ホームで亡くなった。八十歳だった。

ＢＢプラザ美術館に展示されていた作品の題材は、神戸の街の風景、皿に盛られた魚、日々接していた女性、花などだが、私にはとりわけ、新開地など神戸の夜の街を描いた作品が印象に残った。黒を基調に、さまざまなネオンサインの文字が多彩に描きこまれている。確かに荒々しいタッチなのだが、破天荒な生き方がそのまま画風に現れていると即断することも早計だろう。偉そうなことを言える資格はないが、感想だけ記すことをお許しいただけるなら、私には、たいへん優れた作品群であるように思われた。

ひととおり鑑賞した後、もういちど、夜の街を描いた作品群を見ていると、かつて新開地近辺にあった、喫茶「名の無い茶房」、劇場「国際ミュージック」、クラブ「曲線」「大＄」、バー「オアシス」といった名前と光景が甦ってきた。とても不思議な時間だった。

長田区西丸山町内の「神戸わたくし美術館」には、タカハシノブオの絵がかなり置かれている。一九三三年（昭和八年）に建てられた、もとは旅館だった木造建築だ。玄関で、館長の三浦徹さんと奥様がにこやかに出迎えてくださった。

すぐに目に入ったのは、タカハシノブオの書置きだった。

俺がまやかしの世に所ケイ（処刑）され
灰と骨になったら
仲間達！
どこか裏街　路ボウ片隅の
しおれかかった花の足元に
そっとまいてほしい
花に息吹きがよみがえるなら
花はきっと 真っ赤に咲くだろう

俺のねがいは　それだけだ

三浦さんのお話では、段ボールに書き残されていたそうだ。「花はきっと 真っ赤に咲くだろう」という一節が胸に突き刺さる。

館内を三浦さんが丁寧に説明してくださりながら、タカハシノブオの絵を、一点ずつ見せてくださった。

「人形」(一九七三年)、そして「カレイ」(一九七三年)。タカハシは、魚や蟹の絵を数多く描いている。食べかけのものも多く、異彩を放つ。

そして、「タウン」(一九七二年)。タカハシは、新開地や三宮の裏通り、元町の外人バーなど神戸の夜の風景を数多く描いた。

街の中でたまたまタカハシノブオの絵と遭遇したことがある。三宮センター街近くのビルの二階に「ひげおやじ」という喫茶店があり、ときどきランチに行っていた。二回目か三回目に行ったとき、階段を上がってお店に入ると、棚に絵が置かれていていることに気がついた。タカハシノブオの絵だということがすぐにわかった。

「ひげおやじ」は落ち着いた時間が流れる、とてもよい喫茶店だったが、残念ながら、数年前に閉店になった。あのタカハシノブオの絵は、どうなったのだろうと、ときどき想い起こす。

神戸タワー、そして摩耶ホテル

二〇一五年（平成二十七年）四月、西区の里山を歩いたとき、「太陽と緑の道」に、古い看板が置かれていた。あまりにも汚く、最初は不法投棄されたゴミかと思ったら、何と、神戸市が設置した看板だった。複合産業団地の造成を始めた一九九三年（平成五年）に、工事現場を避けるように迂回の案内をした看板のようだ。この表示の必要がなくなった二〇〇五年（平成十七年）四月から、もう十年も放置されていたと思われる。直ちに、関係部局に撤去するようにお願いした。

「太陽と緑の道」は、神戸市が設けたハイキングコースで、管理のために約二六五万円が計上されていた。本来、コースを汚すことがないよう市民のみなさんに呼びかけるべき立場の市が、このような看板を十年にもわたって放置してきたことは、たいへん残念だ。十年の間に、この前を通った市職員もいたと思われるが、誰一人通報する人がいなかったことも寂しい限りだ。

この看板は、当時の「市民局文化振興課」が設置したようで、「太陽と緑の道」は、現在も文化行政担当部が所管している。文化行政は、ともすれば、大規模イベントなど華やかな分野にばかり目を向けがちだが、地道な仕事をきちんとしていくことも大事だ。

古い看板を放置するのは論外だが、放棄され、打ち捨てられた建物が朽ち果て、あるいは朽ち果てつつある光景が異彩を放ち、価値を獲得することがある。「廃墟」に対する眼差しとも言える視点は古くから存在してきた。

「廃墟」で想い出すのは、子供の頃、湊川公園にあった神戸タワーだ。もう使われてはおらず、不思議な存在だった。中がどんな風になっているのか、興味があったが、恐ろしそうな雰囲気を漂わせていたし、管理は厳重で中に入ることはできなかった。かなり高いタワーで、かつては栄華を誇っていただろうと想像できたが、小学生にとって面白いことはほかにたくさんあったので、調べてみたりはしなかったし、母親や祖父母が神戸タワーについて語ることもなかった。

神戸タワーはどんな建物だったのだろうか。

竣工したのは一九二四年（大正十三年）。地元企業の共同出資で建てられ、当初は新開地タワーと呼ばれていたらしい。高さは、「海抜一〇〇メートル」や、「高さ三〇〇尺」とされ、「東洋一」とも称されていたが、実際には五十七メートルだったと記録されている。浅草の凌雲閣、大阪の通天閣とともに「日本の三大望楼」と総称されていた。入場料を払ってエレベーターで最上階へ昇ると、神戸市内はもちろん、晴れた日には淡路島から大阪、和歌山方面まで眺めることができたという。

昭和になってからは、塔の壁面に広告が掲げられるようになる。「ハーブ洗濯石鹸・ベルベット石鹸」、「阪神電車」、「ビオフェルミン」などの広告が掲出されたことが記録に残っている。ネオン広告は、夜の公園を真昼のように照らし、遠くからも見えたという。戦争末期、神戸タワー周辺には雨あられのごとく爆弾、焼夷弾が落とされたが、タワー自身は倒壊を免れた。

戦後の神戸市政にとって、神戸タワーが残された湊川公園は、かなり難しい場所だったようだ。引揚者の拠り所となり、店舗兼住宅群が建てられ、一九五〇年（昭和二十五年）には、通称「神戸博」の第二会場となるが、再び不法占拠される事態となった。一九六六年（昭和四十一年）四月、湊川公園環境浄化運動対策協議会を通じ、多くの兵庫区民から

「神戸タワー」の撤去を求める陳情書が提出された。これを受け、タワーを含めた公園内建物と物件を除去する方向が示されたが、湊川公園占拠者の一部によって、立ちのき要求反対の運動が展開されることとなった。複雑な経緯を経て、代替建物が用意され、神戸タワーは、一九六七年（昭和四十二年）末をもって取り壊しが決定した。

一九六八年（昭和四十三年）に撮影された写真には、取り壊し最中の神戸タワーと、一九六三年（昭和三十八年）に完成したポートタワーの両方が写っている。神戸タワーの撤去を契機として、時代は大きく移り変わっていった。

廃墟として残された建物は、しばしば周囲に危険を及ぼし、行政にとっては厄介な存在になる。その一方で、関係者の努力により、見所になる場

神戸タワーとポートタワー（昭和43年）（神戸市文書館提供）

合もある。

著名な例は、長崎の軍艦島だろう。海底炭鉱の島として多くの炭鉱労働者が住み、賑わいのある島として栄えたが、石炭産業の衰退により、炭鉱は閉山。島は無人となり、住居や店舗、映画館、パチンコ店などがそのまま放置された。しかしその後の廃墟ブームの中で見直され、二〇〇九年（平成二十一年）からは上陸が認められるようになり、今では、盛んに上陸ツアーが行われるようになっている。二〇一五年（平成二十七年）、世界文化遺産「明治日本の産業革命遺産～製鉄・製鋼、造船、石炭産業～」に登録されている。

神戸で廃墟を活用した観光としては、旧摩耶観光ホテルが挙げられる。摩耶ケーブルの虹の駅の東隣にある旧摩耶観光ホテルは、一九二九年（昭和四年）に建築され、にぎわったが、一九六〇年代半ばに営業が休止となり、一九九三年（平成五年）には廃屋となった。

この建物に着目したのは、摩耶山を舞台にさまざまな活動を行ってきた「摩耶山再生の会」だった。所有者と交渉し、崩落の危険性がある建物周辺に防護柵を設置するなどの安全対策を所有者が講じた上で、建物の周囲から観光客が見学できるようにすることで合意した。二〇一六年（平成二十八年）三月に第一回「摩耶山　マヤ遺跡ガイドウォーク」が開催され、これ以降、月一～二回のペースで開催されている。これまでの実績を見ると、募集開始後すぐに定員が埋まるほどの盛況ぶりだ。

街中に残された神戸タワーは無用の長物と化し、おそらくは巨額の経費と困難な作業を伴って撤去された。摩耶山の山中に残された旧摩耶観光ホテルは、廃墟ブームの中で人気を集める。

地域の中に廃墟が出現しないようにすることは、行政のつとめだ。人口減少時代を迎え、空き家対策は、神戸市政の中でももっとも重要な政策課題となっている。廃屋になる前に適切な活用を促し、すでに老朽危険家屋になってしまった建物に対しては、速やかな撤去のための措置を講じている。神戸市が管理してきた建物の中にも遊休化し、老朽化しているものもあり、有効活用や撤去を急がなければならない。

その一方で、廃墟に対する関心や憧れのようなものが古くからあり、今も存在していることも事実だ。廃墟はある種の虚しさが漂っている。東京の都心にはバブル期に地上げされ、何重にも抵当権が設定されて権利関係が複雑怪奇になり、そのまま放置されている邸宅や料亭跡が今なお存在する。それらのひとつが詐欺犯罪の舞台となったと聞けば、虚しさは一層深まる。もちろん、行政はそのような感傷やノスタルジーとは無縁であるべきなのだが、「モノ」から「コト」への移行が言われて久しい昨今であるから逆に、「モノ」としての廃墟が「コト」としての価値を持つに至ったことは、想定の範囲内とは言え、新鮮なものを感じる。

廃墟を迷惑施設としてその撲滅を図るのか、あるいは、危険を及ぼさない範囲で放任するのか、それとも、いくら強力な施策を講じてもその出現を止めることはできないという認識に立ち、選別しながら活用を図るのか、事案に応じて対応していくことが求められるように感じる。

再び、神戸の街を探訪する。

あれは、確か、川池小学校に通っていた、一九六二年（昭和三十七年）、小学校三年のときだった。夏休みの宿題で、自由研究のようなものが出され、私は、神戸のあちこちを自分で歩き、自分が見た印象を、地図での情報と組み合わせ、絵地図にして表したいと考えた。

自分のアイデアを母に話すと、一人で遠くには行けないだろうから、自分がついていってやろうと言ってくれた。自分が母に連れられて、神戸のどこを歩いたのかは、よく覚えていない。ただ、夏休みの何日間か、母に連れられて、電車やバス、そして市電を乗り継ぎ、神戸のあちこちを訪ねたことを覚えている。

すべての区を訪ね歩いたことは確かだ。なぜなら、できあがった絵地図は、すべての区を含んでいて、母は、行ってもいないところを、さも行ったかのように書くことを、決して許さなかったから。

あのとき、自分は神戸のどこを訪ねたのか。断片的に残っている記憶は、苅藻島のあたりを歩いたときの、運河と工場地帯の雰囲気だ。「ミヨシ石鹸」と書いてあった、工場の大きな看板。あちこちの工場や作業場から漂ってくるさまざまな臭い。機械がせわしなく動いている音。

摩耶山のケーブルカーの車内の様子、塩屋あたりの海の風景、などなど。そして、はっきりと覚えているのは、垂水区のあたりを塗り絵していたとき、山であることを示す、緑色をひたすら塗り続けたことだ。当時は、まだ西区はなく、垂水区のほとんどは、山か丘陵であった。

一九六〇年代に入ったばかりの当時、日本は高度経済成長の真っただ中だった。神戸も、そして神戸の風景も大きく変わっていった。

あれから、半世紀を超える歳月が流れ、私は、再び、これまで自分が行ったことがなかった神戸の場所を歩いている。はじめて訪れる場所で、はじめてお会いするみなさんとお話しし、これまで知らなかった風景と出会う――本当にわくわくする毎日だ。少年に戻ったかのような、新鮮な感動を、日々感じている。

街は生き物だ。同じ場所でも、天候によって、時間によって違った顔を見せる。同じ時間に、同じ通りを逆方向に歩くと、街はまた違った風に見える。

神戸の街の顔は多様だ。しかし、「多様」といっておしまいにするのではなく、できるだけたくさんの地域を歩き、街の表情に触れ、今起きている変化を感じ、それぞれの街の個性を感じていきたいと思う。それは、とてもわくわくするひとときだ。

神戸には神戸の空気がある。司馬遼太郎『街道をゆく21 神戸・横浜散歩 芸備の道』（朝日文庫、二〇〇九年）に収められている「神戸散歩」には、大阪、京都との比較が随所に出てくる。「京都は人を緊張させるところがあるが、神戸はそうではなく、開放的で、他人《ひと》のことにかまわず、空気まで淡くブルーがかっていて、疲れたとき歩くのにちょうどいい、と感じたことがある」という一節は、確かに神戸の街の一面を言い当てている。「疲れたときに歩く」というのは、ある意味で矛盾をはらんでいるが、ある種の疲れを感じたとき、そんなに頻繁ではないが、ある程度の時間をかけて神戸の街を歩くと、前にあった疲れは感じなくなり、心地よい肉体の疲れに置き換わっているように感じることがある。

こうして、私は、神戸の街をこれからも歩き続けたい。

II

近代黎明期の地方制度

開港前の神戸では、どんな統治と自治が行われていたのだろうか。

板宿の「百耕資料館」で開催された企画展「兵庫県第三区~明治初期兵庫県の地方行政と住民~」にお邪魔したことがある。板宿の旧家、武井家に伝わる歴史資料、美術資料が展示されていた。館の名称は、明治初期、兵庫県会議員などを歴任し、近代黎明期の地方行政にかかわった武井伊右衛門の雅号に因んで名づけられたとお聞きした。武井家のご当主、武井宏之館長、そして森田竜雄主任研究員にご案内いただいた。

展示は、幕末における行政組織の説明から始まる。当時、代官、藩主は村を直接統治したのではなく、両者の間には組合村のような中間支配機構が存在した。組合村は、代官所などの行政を補うとともに、村々共通の利益を代表する役割も併せ持ち、惣代庄屋を中心に村民の自治により運営されていた。このような隣保共同の組織が、明治初期の行政組織に移行していく過程について理解することができた。

一八六八年一月一日（慶応三年十二月七日）の開港直後、いわゆる「神戸事件」が勃発する。新政府は、事件の収拾の後、神戸に外国事務局を設置した。この外国事務局の兵庫仮事務所は兵庫鎮台、兵庫裁判所と改称された後、同年七月十二日（慶応四年五月二十三日）、府藩県三治の制を定めた「政体書」に基づき、兵庫県が設置された。幕府の直轄地であった神戸村、二ツ茶屋村、走水村は、兵庫鎮台の管轄下に置かれ、合併して神戸町となった。

一八七一年（明治四年）七月、廃藩置県が断行される。当初は三府三〇二県が存在したが、同年十一月には三府七十二県に整理された。同月、県治条例が制定され、各府県には官選の府知事・県令が配置された。兵庫県では、神田孝平（一八三〇―一八九八）が第七代兵庫県知事（当時は県令、在任一八七一―一八七六）に任じられた。

近代国家形成のためには、統治機構の整備だけでは十分ではなく、人民一人ひとりを国家が直接把握することが不可欠であった。このため、廃藩置県直前には戸籍法が発布され、戸籍事務を担うため、新たに区が設置され、区には戸長が置かれた。さらに翌年十月、区は大区と改称されてその中に小区が設けられ、大区には区長、小区には副区長が配置された。大区小区制により、形式的には明治政府の指示を地域に行き届かせる地方行政単位が整備されたが、旧来の町や村の単位を無視した人工的な区画であったため、士族の不満とも相まって制度は安定しなかったとされる。

兵庫県では、神田孝平県令が、政府の方針に基づきながらも、独自の統治観に立脚した制度の整備を進めていった。従来の町、村を存続させたうえで、県内に区を設置することにしたのである。区ごとに区内を「総轄」する「区長」が設置され、その選出は「家格」にこだわらず、「人望才力」ある者を「公選」すべきことが通達された。県内の区の区画は、十九の区が置かれると、今の神戸市内の板宿村と周辺の村々の地域は第三区となった。区には会議所が置かれ、区長は「入札」、つまり選挙で選ばれた。

「百耕資料館」で開催された「兵庫県第三区～明治初期兵庫県の地方行政と住民～」展には、第三区の「入札規則」の原本が展示されていた。それによれば、「入札」に当たっては、自書署名捺印が求められ、白票は禁止されていた。惣代庄屋であった武井善左衛門(武井伊右衛門の父)が区長に選ばれたが、このように幕末の地域リーダーが明治維新後の新制度の下で、公選職として選ばれていったことが窺える。

一八七三年（明治六年）、神田県令は、各行政単位にそれぞれ議決機関となる「民会」を開設する方針を明らかにする。町、村には町村会を、区には区会を、そして、県には県会を置くことを目指し、必要な手続きを進めることを各方面に指示した。そしてそれぞれの権限や「入札」、すなわち選挙のルールを定めた規則も制定した。

このようにして兵庫県では、神田県令の開明的な方針に基づき、一八七八年（明治十一年）の三新法制定以前に、民意を反映する制度の整備が進められた。神田県令は、町村における自治を重視し、町・村、区、県の順に民会を開設しようとしたことも特筆される。

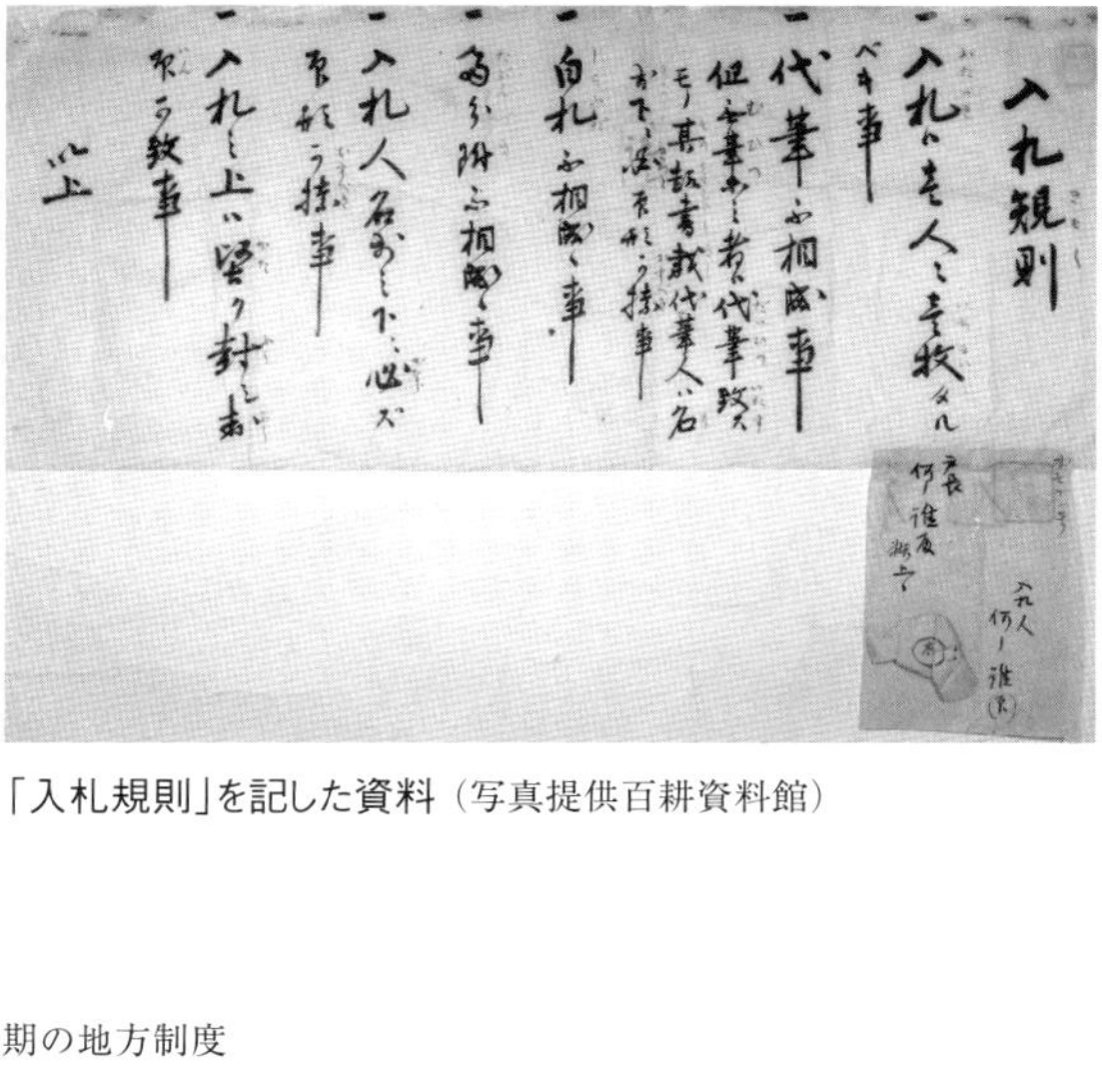

「入札規則」を記した資料（写真提供百耕資料館）

幕藩体制から近代的な中央集権体制への刷新は、多くの軋轢を生み、西南戦争のような内戦も避けることができなかった。そのような中にあって、神戸周辺の地域においては、幕藩体制下における村落自治から近代的地方自治制度への移行が比較的円滑に行われたのではないかと想像される。

我が国の地方制度は、一八七八年（明治十一年）七月に、郡区町村編成法、府県会規則、地方税規則のいわゆる三新法が制定されて一応の基礎が固まり、一八八八年（明治二十一年）の市制町村制、一八九〇年（明治二十三年）の府県制の制定により、その完成を見ることになる。明治維新から三新法までの約十年間は、旧士族の反乱が相次ぎ、遂に一八七七年（明治十年）、西南戦争が勃発するなど、内政は安定しなかった。西南戦争を鎮圧した政府は、大久保利通、そして大久保暗殺後は、伊藤博文、山縣有朋などが中心となって、憲法制定と国・地方を通ずる国家統治機構の整備を進めていく。

地方制度整備の過渡期にあって、兵庫県内、とくに神戸の政情は相対的に安定していたと考えられるが、これはおそらくは、神戸を中心とする兵庫県が、つねに外部の世界とつながり、時勢の変化に柔軟に対応できる素地がつくられていたこと、そして、先進的な制度改革に尽力した兵庫県令、神田孝平の功績によるところが大きいように思われる。

神戸事件

一八六八年は、我が国にとり、そして神戸にとっても、近代の幕開けを告げる重要な年である。一八六八年一月一日（慶応三年十二月七日）神戸開港。兵庫津の約三・五キロメートル東に位置する神戸村の海岸に新たな港が建設され、この港が外国に開放されるとともに、神戸村に居留地が設けられることとなった。建設工事は、当初、幕府によって進められたが、同年一月三日（慶応三年十二月九日）に王政復古の大号令が発せられ、鳥羽・伏見の戦いで幕府軍が敗れると、工事は中断の後、明治政府によって引き継がれた。こうした中発生したのが、いわゆる神戸事件である。

一八六八年二月四日（慶応四年一月十一日）、岡山備前藩の隊士の行列が三宮神社前を通過するとき、神戸沖に停泊中の外国軍艦の乗組員数名が隊列を横切った。隊士の瀧善三郎がこれを怒り、槍でこれを傷つけ、さらに発砲し、備前藩士と外国兵が砲火を交える騒ぎとなった。神戸の街は外国兵によって一時占領されるなど、事態は緊迫する。このような状況を目の当たりにした備前藩の統将・日置帯刀は、これ以上騒ぎが拡大することを怖れ、全軍に北方の摩耶山麓へ引き揚げるよう命じた。そして東に向かって山道づたいに行軍し、翌朝には深江村に着陣した。しかし、神戸では、港内に停泊中の日本の船が外国軍艦によって拿捕されるなど緊張が続いていた。

発足間もない明治政府は、事態収拾に動く。同年二月八日（慶応四年一月十五日）、運上所、今の税関において、フランス、英国など各国の公使と勅使東久世通禧との間で交渉が行われ、発砲を命じた士官を極刑に処し、政府が関係諸国に陳謝することで合意した。瀧善三郎の切腹は、同年三月二日（慶応四年二月九日）、永福寺において各国公使検証のもとに行われた。この交渉は、発足間もない明治政府が否応なく向き合うことになった外交であり、その結果は、新政府の事態収拾能力を内外に示す結果となった。

永福寺は、兵庫区南仲町にあったが、戦時中の空襲により焼失した。境内にあった瀧善三郎の供養碑は、地域の方々の要望もあり、一九六九年（昭和四十四年）、兵庫大仏で知られる天台宗能福寺に移設され、現在に至っている。当時の原口忠次郎市長の名で、神戸事件の概要や移設に至った経緯などを説明した案内板が設置されている。

神戸事件の収拾のために、勅使を支え、尽力したのが、伊藤俊輔、後の伊藤博文である。伊藤が長崎からロドニー号で神戸に来航したのは、神戸事件が勃発した翌日であった。深刻な事態を目の当たりにした伊藤は、外国事務掛を拝命、外交官として交渉団の一員に加わる。かねてより英国公使ハリー・パークスと面識があり、英語が堪能であった伊藤は、交渉妥結の功労者となった。

神戸事件の事態収拾が進められていた一八六八年二月十五日（慶応四年一月二十二日）、行政、警察のみならず司法、軍事を統括する地方行政庁として兵庫鎮台が設置された。直後に、兵庫裁判所と改称され、同年七月十二日（慶応四年五月二十三日）、兵庫県が設置されると、伊藤俊輔が初代兵庫県知事に就任した。

買い物客でにぎわう大丸神戸店近くに三宮神社が鎮座している。その境内の入り口に、「神戸事件発

三宮神社にある「神戸事件発生地」の碑

生の地」と刻まれた碑が立っている。神戸事件は、その処理を誤ると、我が国が列強に占領され、独立を脅かされかねない事態ともなり得る危機であった。

司馬遼太郎『街道をゆく21 神戸・横浜散歩 芸備の道』（朝日文庫、二〇〇九年）には、「神戸散歩」の次に「横浜散歩」が収められ、首都、すなわち国家権力に近かった横浜と神戸の二大港都が対比されている。そして、「神戸の誕生が、革命の内戦前夜であったことは、都市性格の形成にとって重要な因子であったといっていい」と指摘されている。

神戸は、我が国の近代化の中で重要な舞台となったが、「革命の内戦前夜」に近代都市神戸が誕生したことは、神戸がカオスの中においてもしぶとく生き続けられる遺伝子のようなものを受け継いでいることを暗示しているように思える。神戸市民は、これからも激動のグローバル社会の中を、しぶとく生き抜いていきたい。

フランス領事の神戸滞在 1889―1906

二〇一七年(平成二十九年)十一月二十日まで、神戸北野美術館で「フランス領事の神戸アルバム」が開催された。この展覧会の主人公は、神戸・大阪フランス領事だったド・リュシィ・フォサリウ(一八五九―一九〇八)。一八九九年(明治三十二年)、神戸の外国人居留地が我が国に返還されたときの領事である。フォサリウ領事は、一八八九年(明治二十二年)から一九〇六年(明治三十九年)まで約十六年間、神戸・大阪フランス領事として神戸に滞在し、重要な歴史的舞台に立ち会った。

この展覧会に先立ち、フォサリウ領事のひ孫に当たられるフランソワ・マルブリュノさん、そして、今回の展覧会の開催に尽力された「北野・山本地区をまもり、そだてる会」の会長、浅木隆子さんが市役所を訪問してくださり、展覧会開催に至る経緯などをお聞きすることができた。

展覧会場にお邪魔したが、広壮な領事邸や屋敷の中の調度品、フォサリウ一家が須磨の別荘や舞子海岸に遊んだ様子などを映した写真、フォサリウ一族の家系図などが展示されていた。これらの資料は、代々子孫に引き継がれてきたものである。

振り返れば、居留地の建設は、兵庫港の開港が決まった後、一八六七年(慶応三年)に日本政府と諸外国の外交代表の間で結ばれた「兵庫港並ビニ大阪ニ於テ外国人居留地ヲ定ムル取極」に基づく。居留地の開設は、一八六八年一月一日(慶応三年十二月七日)の開港を目指して工事が進められるはずであった。今日の地名で言えば、東はフラワーロード、西は鯉川筋に囲まれた海岸沿いの地域である。本来開港場に指定されていた兵庫の港から東に離れた地であった。

時あたかも幕末の動乱期であり、予定期限内に完成を見ることはなく、便宜上の対応として、居留地の周り、生田川以西、宇治川以東の山麓までを雑居地とする措置がとられた。居留地の造成工事は、慶応四年六月に完成するが、雑居地は引き続き存続した。広大な面積の雑居地には日本人と諸外国の人々がともに住み、神戸が国際性を育む契機になったとも言われる。

居留地の設計に当たったのは、それ以前に上海租界の建設などに携わった英国人ジョン・ウィリアム・ハート（一八三六―一九〇〇）である。南北路（京町通）が通され、さらに居留地を一巡する道路のほか、東西に二本、南北に四本の道路がつくられ、居留地全体は二十二街区百二十六区に分割された。海岸通には緑地帯とプロムナードが設けられ、道路には歩道と車道の区別が施された。ガス灯が灯され、下水道も整備された。このように神戸居留地は、最初から計画的に設計され、整然と整備された西欧的都市空間として誕生した。

神戸港と居留地を舞台として貿易や海外との交流が進められたが、海外諸国とは関税や外国人の裁判権などの面で不平等な関係であった。江戸幕府は、一八五八年（安政五年）、英国、米国、フランス、ロシア、オランダの五カ国と修好通商条約を締結したが、この条約は、諸外国の領事裁判権を認めるとともに、我が国の関税自主権を否定した不平等条約であった。明治政府は早くから不平等条約の改正を企図していたが、なかなか進まなかった。

このような中、一八八六年（明治一九年）、ノルマントン号事件が起きる。横浜を出航し、神戸に向かっていた英国船籍の商船、ノルマントン号が和歌山県沖で海難事故に遭い、多くの英国人が船から脱出し、救助されたにもかかわらず、日本人乗客は一人も助からなかったという事件である。神戸駐在在日英国領事ジェームズ・ツループは、領事裁判権にもとづき神戸領事館内で海難審判を行い、船長以下全員に無罪判決を下した。再審では有罪が言い渡されたが、国民世論は激高し、不平等条約に対する不満が高まった。明治政府は世論も意識しながら交渉を進め、一八九四年（明治二十七年）七月、日英通商航海条約が締結され、領事裁判権の廃止、税率の一部引き上げなどが規定された。内地開放も決まり、居留地は日本に返還されることになった。一八九七年（明治三十年）までに同様の条約が各国と結ばれた。

一八九九年（明治三十二年）七月十七日、神戸で居留地返還式が行われた。この式典であいさつしたのが、在日フランス領事ド・リュシィ・フォサリウである。『新修神戸市史　産業経済編Ⅳ』には、フォサリウは、「かつて外国人に引き渡されたときには荒れた砂浜だった居留地の土地を、美しい建物や豊富な商品が積まれた倉庫が並ぶ立派な町に変えて返還できた点を指摘し、西洋人たちが持っている旺盛な進取の気風、企業精神、忍耐と倹約、豊かな商業経験などが神戸の都市発展に大きく寄与してきたことを強調した」とある。同市史は、「長年、神戸の外国人居留地を美しく安全に維持してきたことへのプライドと自信、そして神戸の居留地に対する深い愛着がうかがえる」と記している。

「フランス領事の神戸アルバム」によれば、フォサリウは、神戸の領事館駐在の間に、兵庫県知事の大森鍾一、服部一三、神戸市長の鳴瀧幸恭、坪野平太郎と交流し、居留地のまちづくりに深く関わったという。一九〇〇年（明治三十三年）には神戸日仏協会を創設し、同年パリでもパリ日仏協会の設立に尽力した。

フォサリウは、米国人の妻を伴って来日し、神戸駐在中に五女一男に恵まれた。展覧会では、中山手通六丁目にあった屋敷や部屋の写真も紹介されていた。母親と生後三か月の長男は神戸在任中に亡くなり、再度山の外国人墓地に埋葬された。フォサリウ領事の家族をはじめ、神戸で亡くなった明治期の外国人のお墓は、神戸市によって大切に管理されている。

伊藤博文と神戸

二〇一八年（平成三十年）は、明治維新・兵庫県政一五〇周年に当たる年であった。これを契機に、神戸を舞台に活躍し、近代日本の礎を築いた明治の元勲、伊藤博文の事績を改めて想い起こしたいと考え、神戸市として二つの取り組みを行った。

ひとつは、大倉山公園に残る伊藤博文の台座周辺の整備である。現在の大倉山一帯は、もともと大倉財閥の創始者、大倉喜八郎が所有し、別荘としていた。しかし、大倉喜八郎自身はあまり滞在せず、彼と懇意であった伊藤博文が気に入り、よく利用していた。

一九〇九年（明治四十二年）、伊藤博文はハルピンで暗殺された。この直後、大倉家から、この場所に伊藤博文の銅像を建てて公園とし、市民に開放してほしいとの申し出があり、土地が神戸市に寄付された。二年後の一九一一年（明治四十四年）十月、銅像が完成し、大倉山公園が開園した。

銅像の高さは十尺（三・〇三メートル）あり、伊藤博文はフロックコートを着用していた。台座は、京都大学初代建築学科教授の武田五一の設計によるもので、デザインは、国会議事堂中央部分と類似しており、武田五一の愛弟子である吉武東里らが師匠のデザインを取り入れて国会議事堂を設計したという見解もある。

伊藤博文の銅像本体は、第二次世界大戦中に金属供出され、台座だけが残された。戦後もあまり手が入ることなく放置され、高さ二メートル程のネットフェンスで囲まれていた。フェンスの上部には有刺鉄線が張り巡らされ、全体として近づきにくい雰囲気であったが、今回の整備では、フェンスの高さを低めに抑え、樹木を間引きし、エントランス広場、スロープ型園路を整備した。また、銅像の写真を掲載した説明板も設置した。

伊藤博文の事績に関する取り組みの

伊藤博文像（神戸市文書館提供）

もうひとつは、伊藤を取り上げた「神戸市史紀要」を編むことだった。たまたま瀧井一博『伊藤博文 知の政治家』（中公新書）を読み、感銘を受けていたので、関係者と相談し、著者の瀧井先生にも執筆陣に加わっていただいた。

瀧井先生は、『伊藤博文 知の政治家』の「あとがき」にはこう記しておられる。

歴史好きの人ならば、……真っ先に〝遊び人〟ということが思い浮かぶだろう。確かに彼は醜聞の多い政治家である。〝知〟ではなく、〝痴〟だろう、との声が聞こえてくる気がする。

こういうイメージは割合に流布しているが、本書は全く異なる「知の政治家」像を提示する。伊藤は英語を巧みに操り、津田梅子に対し、「米国を知る最良の本」として、トクヴィル『米国のデモクラシー』の英

台座（整備前）

訳を渡している。愛読していたのだろう。若き日から亡くなるまで、伊藤の旺盛な知識欲には目を見張るものがある。

本書では、単に伊藤の事績をたどるのではなく、その政治思想が明らかにされていく。有名な「滞欧憲法調査」で、伊藤がグナイストの憲法論を「頗る専制論」と嘆き、「議会政治と行政の調和」を主張するシュタインの国家理論に傾倒する様子までが紹介される。伊藤は終生、憲法秩序における議会制度を不可欠のものと考え、その漸進的な実現を図ろうとした。

伊藤が目指した国家像は、「知的水準が高く、権利の保障された人民によって構成される国家」、すなわち「文明国家」だった。そのために高等教育の発達が期されたが、伊藤は、自由民権運動に代表される「政談」や観念的なナショナリズムを嫌い、利便を生み出し、経済的生活を豊かにする「実学」の普及を目指したのだった。

台座（整備後）

伊藤が自ら立憲政友会を結成して政党政治を主導した意図や政治哲学に関する記述も興味深かった。

伊藤博文と神戸との関わりなどを取り上げた神戸市史紀要『神戸の歴史』第二七号は、二〇一八年（平成三十年）十二月に刊行された。建設当時の伊藤博文銅像と大倉山公園、銅像台座設計図、そして、大倉山に建設が計画されながら幻に終わった公会堂の設計コンペの入選作品など貴重な写真が掲載されるとともに、「開港期神戸と初代兵庫県知事伊藤博文」（瀧井一博）、「伊藤博文銅像・台座と大倉山公園」（津熊友輔）、「幻の神戸市公会堂の建設計画と設計競技」（山本一貴）の三つの論文が収められている。

瀧井先生は、「結びに代えて」の中で、次のように記しておられる。

伊藤は、神戸開港の日にロドニー号で神戸に来臨し、開港ほどなくして発生した神戸事件の事後処理にあたり、その後居留地の行政を預かり、兵庫県が設置されるやその初代知事に納まった。このように列挙してみると、彼のことを「神戸開港の申し子」とも呼んでみたくなる。……服部一三は、伊藤と神戸の関係を親子のそれになぞらえ、伊藤は神戸を育んだ親と称揚したが、むしろ神戸の地こそ伊藤に後年の立憲指導者としての素地を与えたのだと言える。

伊藤と神戸のつながりは、偶発的なエピソードでのみ語られるべきものではない。思想形成という観点からすれば、神戸の地は、幕末のイギリス密航や長崎での潜伏活動の過程で得た新たな政治社会のビジョンを育み、その後伊藤が国政へと雄飛していくための貴重な機会を提供するものだったと言うことができる。

神戸における伊藤の思想的到達点を示すのが、兵庫論の別名をもつ「国是綱目」である。そこで明示されたラジカルな反身分制のデモクラシー論は、もとより即座に実行できるものではなかった。伊藤自身、この後の政治経験を通じて、漸進主義というもうひとつの政治家としての骨子を身につけることになる。だが、この時に伊藤が脳裏に刻んだ国民政治としてのデモクラシーの理念は、生涯を通じて彼が追求する政治信条となったのである。

「神戸開港の申し子」と伊藤を呼ぶ場合、その真骨頂はむしろこのようなデモクラシーの理念をこの地で彼が涵養したことに求められるべきだろう。

後藤新平と神戸の関わり

戦前の神戸の経済史を華やかに彩った鈴木商店。我が国を代表する総合商社として君臨した。鈴木商店が開業したのは、神戸が開港して間もない一八七四年（明治七年）。鈴木商店は洋糖引取商として順調に発展していく。日本の統治下となった台湾の樟脳を扱い、事業の基礎を形成していった。ときの台湾総督府民政局長（後に初代民政長官）が後藤新平（一八五七―一九二九）である。

後藤新平の事績は、越澤明『後藤新平―大震災と帝都復興』（ちくま新書、二〇一一年）などで読んだ。関東大震災後の帝都復興を指揮した人物として、「大風呂敷」との不当な評価とともに後世に名を残している。スケールの大きな構想を持ち、近代国家の建設に邁進した政治家である。

後藤の生涯を辿るとき、水沢の下級武士の家に生まれた後藤が、その才能を認められ、頭角を顕していった過程が興味深い。当時の胆沢県大参事、安場保和は、優秀な少年を給仕（連絡役・雑用係）として採用するが、その中に、水沢三秀才として知られた後藤、斎藤実（後の総理大臣）がいた。後藤は安場の勧めで須賀川医学校に進学。愛知県令に転じた安場は、設立間もない公立医学校に後藤を医師として採用した。

一八八二年（明治十五年）、板垣退助が岐阜で襲撃されたとき、後藤は名古屋から岐阜に出向いて、板垣の治療に当たった。この直後、後藤は内務省衛生局勤務を命じられ、ほどなく三十五歳の若さで内務省衛生局長に就任した。後藤衛生局長の存在は、伊藤博文、山縣有朋、桂太郎などの要人に注目されるようになり、後藤は、医療政策のみならず、社会政策、労働者保護、統計制度などさまざまな分野で建議書・建白書を提出していく。

一八九八年（明治三十一年）、台湾総督に就任した児玉源太郎は、後藤を台湾総督府民政局長に抜擢。後藤はすぐに民政長官に就任し、事実上の台湾総督府の責任者として台湾の植民地経営の陣頭指揮を執った。台湾の実情を徹底的に調べ上げ、産業振興とインフラ整備、統治体制の整備を強力に進めた。後藤はその後、南満州鉄道初代総裁に就任するが、台湾総督府時代の部下を次々に登用し、事業を推し進めていった。鉄道院初代総裁などを経て、一九一六年（大正五年）、寺内正毅内閣の内務大臣に就任。東京市長を経て、関東大震災直後に山本権兵衛内閣の内務大臣に任じられ、帝都復興の陣頭指揮に立った。

後藤の生涯を通じ、明治後期から大正期における帝国政府のダイナミックな人材登用、政策展開の一端に触れることができ、いろいろ考えさせられた。

鈴木商店の躍進は、後藤新平との関わり抜きに語ることはできない。日清戦争が終結し、台湾が日本の領土になると、台湾で産出される樟脳に注目したのが鈴木商店の大番頭、金子直吉だった。金子は、台湾総督府民政長官の後藤新平に接近し、樟脳油の販売権を獲得、樟脳事業への進出を機に本格的な生産に乗り出した。後藤は、台湾産樟脳の安定的な生産、販売機構を確立するため、専売制度の実施を目指したが、製造業者の猛反対に遭う中、金子直吉が専売制度の確立を強く支持したことが両者の結びつきを強めることになった。

鈴木商店は神戸で樟脳工場を建設し、樟脳は日本有数の輸出品に成長していった。鈴木商店はこれを機に製造業に本格的に進出し、神戸に工場を次々に建設していく。金子直吉は後藤新平との関係を活かして台湾専売局との取引を深め、製糖、製塩、煙草などの事業を拡大するとともに、国営銀行の台湾銀行は、鈴木商店のメインバンクとして事業拡大を支えていくことになる。

鈴木商店の歴史を紹介するウェブサイト「鈴木商店記念館」によれば、金子直吉を後藤新平に紹介したのは、後藤回漕店の創業者、後藤勝造とされている。後藤勝造は、本業の回漕業のほかに旅館業にも乗り出し、勝造の経営する「後藤旅館」にたまたま宿泊した後藤新平と知り合ったことから、台湾への回漕業進出を果たし、事業を一気に拡大した。後藤勝造は、鈴木商店店主の鈴木岩治郎と面識があったことから、岩治郎没後、台湾の樟脳に商機を探っていた金子直吉は、後藤新平への橋渡しを勝造に要請し、台湾への進出に繋がっていった。

後藤勝造の「後藤旅館」には、その後も後藤新平がたびたび宿泊した。旅館は後藤新平の発案で「自由亭ホテル」と名を変え、さらにその後、新館を増築して「みかどホテル」となった。一方、事業拡大で本店社屋が手狭になった鈴木商店は、後藤勝造から「みかどホテル」を買い取り、一九一六年（大正五年）、鈴木商店本店とした。この鈴木商店本店社屋は、一九一八年（大正七年）の米騒動による焼打ちにより焼失した。鈴木家、そして金子直吉のお墓は追谷墓地にある。

後藤と神戸との関わりはまだある。読売新聞（二〇一八年一〇月三日）朝刊に、「乳児

を死なせない　関東大震災後の知られざる奮闘」の見出しで、乳児死亡を減らすために百年前の人々が挑んだ格闘の軌跡が紹介された。著者は、助産師・近代史研究家の和田みき子氏。

和田氏によれば、現在、日本の乳児死亡率（出生一〇〇〇あたり）は、二・〇程度だが、一〇〇年前、大阪市では二〇〇を超えていた。生まれた子供の実に五人に一人が、一歳になる前に亡くなっていたことになる。

危機感を持ったのは、内務省衛生局だった。衛生局長を経験し、自身医師でもあった後藤新平が内務大臣に就任すると、一九二〇年（大正九年）、保健衛生調査会から、産院の設置（巡回産婆、産婆養成機関、妊婦相談所の併設）、育児相談所の設置（牛乳供給所の併設）など十五項目に及ぶ建議が提出された。

この中の「巡回産婆事業」を初めて実施したのが、神戸市だった。和田氏の論文によれば、巡回産婆は「出産の際には、連絡があれば、すぐに産家に赴き、分娩一切の処置を行ない、また産後は一週間、産褥婦を回診し、産後処置をするとともに、男児には五日間、女児には六日間……沐浴して、乳児哺育の指導を」した。また、巡回産婆は、「一週間に一度、月曜日に市役所社会課に出頭して前週の報告をし、衛生材料等の補給を受け」たという。

全国に先駆けて乳児の命を守るために全力を尽くした先人の努力を想い起こし、その想いを受け継ぎながら、母子の健康を守る取り組みを進めていきたい。

トーテムポール　1961年

神戸市がシアトル市と姉妹都市提携を行ったのは、一九五七年（昭和三十二年）のことだ。私も旧川池小学校で、シアトルの小学生と文通をしたものだ。そして、シアトル市との友好のシンボルとして、一九六一年（昭和三十六年）、市役所の隣、花時計の横にトーテムポールが建立された。当時は大きく報じられ、話題になった。私も、さっそく見学に行ったのを覚えている。

月日が流れ、トーテムポールも老朽化が進んだ。関係者のみなさんと議論し、米国におけるトーテムポールの習わしに従い、土に還すことにした。「シアトルの森」がある森林植物園に移し、時間をかけて大地に還る。

トーテムポールの跡地には、その写真を嵌め込み、両市、両市民の友情と交流を示す記念碑を建てることにした。温かな早春の陽射しが注がれる中、除幕式が行われた。アレン・グリーンバーグ米国総領事、八木絵里神戸・シアトル姉妹都市協会会長をはじめ日米の関係者が出席し、和やかな雰囲気で式が挙行された。このときの模様をブログで書いたところ、次のようなコメントをいただいた。

今から約五十年以上も前に、当時山下汽船の山里丸の三等航海士で日本、北米間の定期航路にて勤務しておりました。

バンクーバー出港直前になって、急遽代理店の Nortonlily から、Seattle 市から神戸市への寄贈のトーテムポールをぜひ船積してほしいとの依頼がありましたが、時間とスペースの問題があり、関係者検討の結果、船長の決断で、Vancouver を出た後、夜を徹して Juan de fuca Strait を走り、明け方西海岸の Aberdeen に臨時寄港、Grace Harbour 岸壁に着岸しました。

当時小雨の降る寒い中で、朝から三分割された大きな木箱を船橋後部の甲板上に積載、乗組員が協力してシート掛けや固縛作業も行い、急いで出航いたしました。

当直航海士の私も、大変印象のある仕事でした。

コメントしてくださったのは、北区にお住いの桑嶋收平さんだった。お礼のメールをお送りしたところ、桑嶋さんから返信があった。桑嶋さんは、一九六一年（昭和三十六年）二月十八日に横浜で乗船され、翌一九六二年（昭和三十七年）三月八日に尼崎で下船されたとのこと。一年を超える休みなしの乗船勤務の中で、トーテムポールをアバディーンから神戸港に運んでいただいたことになる。桑島さんがお手紙で触れられていた内容は、神戸市が保管している「シアトル―神戸都市提携委員会」の一九六一年度第三回四半期報告などとも符合する。

私は、一言、桑嶋さんにお礼を申し上げたいと思い、しばらくして市役所でお会いした。当時の模様や、神戸港のことなど、興味深いお話をお伺いすることができた。そして、松田高明国際交流推進部長（当時）が桑嶋さんを森林植物園までご案内し、大地に還りつつあるトーテムポールと対面していただいた。桑嶋さんのような方のご尽力があって初めて、トーテムポールは半世紀以上にわたり、神戸の街の移り変わりを見守り続けてくれたのだと、改めて感銘を受けた。

市長室や建設局公園部に残る資料によれば、トーテムポールの寄贈式は、一九六一年（昭和三十六年）十月二十日、花時計前で行われた。シアトル市民の寄付金でつくられたトーテムポールは、高さ一〇・八メートル。先住民族のルミ族、ジョセフ・ヒレア氏が三か月かけて制作し、神戸を訪問して最終制作を行った。贈呈式には、神戸市の原口忠次郎市長、シアトル市長のゴードン・S・クリントン市長をはじめ両市の関係者と多くの市民が参加し、ヒレア氏による伝統的な儀式を見守ったという。

市長室国際課には、当時のシアトル市とのやりとりが残されている。当時のシアトル神戸都市提携委員長、W・F・デビン氏が神戸市小山美津雄渉外係長に宛てた手紙だ。

神戸市に寄贈するトーテムポールは九月二十三日にシアトルから船積みされ、十月九日か十日に神戸に到着することに決定しましたので通知申し上げます。私達はこの計画に非常な情熱を傾けており、神戸の人々が興味をもってこれを受け入れてくださることを希望いたします。……（略）……私たちは両市の伝説を書きました。今度のトーテムポールはこの伝説の物語を語っているものです。

一九六一年（昭和三十六年）、トーテムポールは、両市の関係者の想いが込められ、そして桑嶋収平さんをはじめとするみなさんの協力により、建立され、半世紀以上にもわたって神戸の街の移り変わりを見守り続けた。

今、シアトル市は、航空・宇宙分野、医療産業、ＩＴ産業の発展が著しく、今後のビジネス交流に期待が持たれる。神戸市は長くシアトル市に事務所を置いていたが、二〇一五年（平成二十七年）に、兵庫県ワシントン州事務所内に「神戸シアトルビジネスオフィス」を開設し、兵庫県と協調しながらビジネスなどの交流を進めている。

開港一五〇年を記念して再整備したメリケンパークには、シアトルを本拠とするスターバックスの西日本最大級のカフェがオープンした。二〇一六年（平成二十八年）に行われたスターバックスオープンの記者会見には、シアトル市のエドワード・マレー市長が出席された。同じく開港一五〇年を記念して設置した「ＢＥ ＫＯＢＥ」のモニュメントとともに、いつも賑わっている。

メリケン波止場からメリケンパークへ

中突堤からメリケンパークの辺りは、神戸を代表する佇まいを見せる場所だ。ポートタワーが聳える。

ポートタワーが神戸港の中突堤に建設され、開業したのは、一九六三年（昭和三十八年）十一月二十一日のことだった。私は、川池小学校の四年生だったが、ポートタワーが、その鮮やかな深紅の姿を現し、神戸の風景が変わったのをよく覚えている。新しい時代に入っていく予感のようなものがあった。ポートタワーは、美しい鼓形をしていることで知られているが、これは曲線ではなく、直線の鋼管を斜めに組み合わせることで生み出されている。

ポートタワー開業翌日の十一月二十二日、ケネディ大統領が、ダラスで暗殺された。テレビで次々に生々しい映像が映され、衝撃を受けたことも覚えている。キャロライン、ジョンの姉弟の姿も印象的だった。

ポートタワーが建てられた当時、ここにはまだメリケン波止場があった。当時、神戸を代表する港だった。

メリケン波止場のルーツは、一八六八年（明治元年）に米国領事館前につくられた木造桟橋である。その後、本格的な船着き場として整備が進められ、はしけ溜りとしても使われた。子供のころ、港に遊びに行ったとき、船の上で生活している家族を見かけることがあった。あの場所がメリケン波止場だったのかどうかは記憶が定かではないが、メリケン波止場に近かったことは間違いない。メリケン波止場は、国内フェリーの発着拠点となり、ポートタワーも建設されて、昭和四十年代前半まで、神戸港の「顔」として市民や観光客に親しまれ、盛況を呈した。

メリケン波止場（昭和40年前後）（写真提供神戸市）

この後、港を巡る状況は大きく変わっていく。海上輸送にコンテナ船が登場すると、一九六七年（昭和四十二年）、神戸市は摩耶埠頭に日本初の公共コンテナバースを整備した。これ以降、コンテナ船の大型化に伴い、海と陸の物流機能の中心は、東へ、さらには沖合いのポートアイランド、六甲アイランドへと移っていった。メリケン波止場などの従来の港湾施設は、老朽化とも相まって、港湾機能の役割を低下させていった。神戸市は、メリケン波止場を埋め立て、再整備することを決断する。

波止場に隣接する海面の埋立と整備は、一九八三年（昭和五十八年）から一九八六年（昭和六十一年）にかけて行われ、緑地と海洋博物館、ホテルなどが建設された。一九八七年（昭和六十二年）、神戸開港一二〇年を記念し、「市民が海と親しみ、水と語り、港の船のロマンを発見する場」をテーマとして、メリケンパークがオープンした。

メリケンパークが整備されて三十年が経とうとする頃、神戸開港一五〇年を見据えて、メリケンパークの再整備が記念事業の候補に挙がった。このとき、私から問題提起したのは、長く展示されてきた「ヤマト1」「疾風」をどうするかだった。

「ヤマト1」は、海上航行実験に成功した世界初の超電導電磁推進船で、一九八五年

（昭和六十年）から㈶シップ・アンド・オーシャン財団（現在の公益財団法人笹川平和財団海洋政策研究所）が研究・開発に着手。一九九二年（平成四年）六月に三菱重工業㈱神戸造船所で完成し、実験終了後に神戸市が無償で譲り受けた。また、「テクノスーパーライナー疾風」は、川崎重工業㈱をはじめとする造船五社が開発し、一九九四年（平成六年）七月に完成。神戸港でさまざまな実験を行ったのち、神戸港開港一三〇年記念事業として、神戸市がテクノスーパーライナー技術研究組合より譲り受けた。

神戸市では、「ヤマト1」を一九九六年（平成八年）七月から、「疾風」を一九九七年（平成九年）四月から、メリケンパークで展示してきた。そして、展示開始から約二十年の歳月が流れ、両船もかなり老朽化が進んだ。海への視界が遮られているようにも感じられ、そろそろ撤去について議論してもよいのではないかと考えた。

しかし、かつて時代の最先端を行く実験船として建造された両船には思い入れがある方もおられるに違いない。神戸の船と海の歴史を粗末に扱うわけにはいかない。そこで関係方面のご意見をお聴きしたところ、撤去について大筋で理解が得られる見込みがたった。

二〇一六年（平成二十八年）十一月八日、メリケンパークで展示されてきた「ヤマト1」「疾風」の撤去作業を開始した。高所作業車を用意し、メリケンパークを訪れた方に約十五メートルの高さから船を眺めていただくことにしたところ、両方の船の前には行列ができ、順番に作業車に上がって見ていただいた。「もったいない」「寂しい」という声があったとも聞いた。神戸の地で、このような実験船の挑戦が行われた歴史を記録にとどめ、研究開発の成果を二十年近く展示し続けた記憶を大切にしたいと思う。

「ヤマト1」「疾風」が撤去されると、海と空が大きく広がった。開港一五〇年を記念した今回のリニューアルでは、海を眺めながらゆっくり散策し、くつろいでいただける空間となるよう、芝生広場を拡張するとともに、桜並木も整備した。全国の都市でも比較的少ない、海辺の桜の名所になると期待される。前にも触れたが、西日本最大級の店舗面積を有するスターバックスもオープンした。みなと神戸海上花火大会をはじめ、さまざまなイベントを開催できるよう、オープンスペースを拡張し、新しい屋外ステージも設置した。

メリケンパークは、神戸を代表する夜景スポットでもある。すぐ近くにはライトアップされた神戸ポートタワーや海洋博物館があり、山側には「市章山」「錨山」の灯り、海を眺めれば新港第1突堤や神戸大橋のライトアップを望むことができる。さらに夜景の魅力に磨きをかけるため、水際沿いの手すり照明、デザイン照明によるカラーライティング、桜並木などの樹木やフィッシュダンスなどのモニュメントへのライトアップを行い、色彩豊かな光の演出も行われている。これまでの噴水池を改修し、新たな憩いの場所として、普段は小さな子供も水に触れて楽しめるよう、水、柱の高さを低く設定し、夜間には、音楽とＬＥＤ照明による噴水演出も行っている。

　再整備に当たっては、さまざまなアイデアが寄せられたが、そのひとつが「ＢＥ　ＫＯＢＥ」のモニュメントの設置だった。水際まで足を運ぶ目的となるようなフォトスポットとして、「ＫＯＢＥ」という文字が景色とともに写真に写りこむようなモニュメントを水際に設置する。神戸市民のシビックプライドを表す「ＢＥ　ＫＯＢＥ」を立体ロゴにしたモニュメントを設置したらどうかという提案だった。

市民による「BE KOBE」の清掃活動

　素晴らしい提案であり、さっそく実現させることにした。季節に応じて、色彩豊かに変化するライトアップも実施。平常時の電球色を合わせて二〇パターンのプログラムが設定され、「インスタ映え」するスポットとして、連日、行列ができるほどの盛況ぶりだ。市民によるモニュメントの清掃活動も始まった。市民の有志が自発的にＳＮＳで呼びかけ、夜間も含めた活動が行われている。神戸に新しい名所が加わった。

消防艇「たかとり」の就航

港都の安全を守るうえで、消防の役割は大きい。神戸港開港一五〇年を機に、新しい消防艇が就航した。

神戸市には「くすのき」「たちばな」の二艇の消防艇があったが、「たちばな」の老朽化が進み、新しい消防艇の建造を行うことにした。新しい消防艇の名前をどうするのかについて、まず消防職員に候補となる船名を募集し、一〇〇ほどの案が出された。そしてそれらの中から、現在の「たちばな」を含む五つの候補に絞り、市民に投票してもらうことにした。

投票結果は、次のとおりであった。

たかとり　二四八票
あじさい　二三〇票

たかはま　一二七票
たちばな　一一九票
せんこう　八五票

僅差ではあったが、投票結果を尊重し、「たかとり」と命名することにした。「たかとり」は、神戸市の市街地西部の長田区と須磨区の境界に位置する「高取山」に由来する。高取山は、古くから漁民や航海者の安全を守る守護神が座す御山《おやま》とされてきた。神戸港沖からは高取山をくっきりと望むことができる。神戸の風景、海と港の歴史を体現する名前ではないかと感じる。

初代の消防艇「たちばな」が配備されたのは、一九三六年（昭和十一年）六月のことだった。当時の消防の組織は、県警察に属し、日本水難救済会兵庫支部に神戸水上警察署長が所長を兼務する神戸港救難所があった。ここに、新鋭汽艇の救助艇「たちばな」（一九・六九トン）が配備された。「たちばな」という船名は、二九四五通の応募から選ばれたという。続いて、戦時中の一九四二年（昭和十七年）四月、初代消防艇「くすのき」

が建造された。初代の「たちばな」は木造船だったが、「くすのき」は、一九・九九トンの鋼鉄船だった。現在の神戸市消防局水上消防署のロビーには、初代「たちばな」のスクリュー、そして初代「くすのき」の舵輪が展示されている。

一九四五年（昭和二十年）八月、終戦とともに初代消防艇「くすのき」は、神戸に進駐してきたＧＨＱに接収される。戦後、自治体消防の制度が創設され、神戸市消防が誕生すると、一九四九年（昭和二十四年）八月、救助艇「たちばな」が日本水難救済会兵庫支部より生田消防署に無償貸与され、消防艇の機能追加のための艤装が施された上で、一九五〇年（昭和二十五年）四月、生田消防署水上消防隊に初代消防艇「たちばな」が就航した。一九五三年（昭和二十八年）二月、初代消防艇「くすのき」がＧＨＱより神戸市へ返還され、生田消防署水上消防隊に就航した。

一九六〇年（昭和三十五年）五月、第二代快速消防艇「たちばな」（鋼船一九・五トン）が就航し、続いて、一九六七年（昭和四十二年）四月、第二代化学消防艇「くすのき」（鋼船三六・六一トン）が就航。さらに、一九七六年（昭和五十一年）、第三代化学消防艇「たちばな」（Ｖ型単胴鋼船四三・四四トン）が就航し、第二代「たちばな」は姫路市消防局へ譲渡された。一九八二年（昭和五十七年）三月、第三代化学消防艇「くすのき」（Ｖ

型単胴鋼船一三三・七二トン）が就航、第二代「くすのき」は長崎市消防局へ譲渡された。

一九九一年（平成三年）十一月、第四代消防救命艇「たちばな」（V型単胴船四六・〇トン）が就航した。サイドスキャンソナー・水中ロボットが搭載されていた。阪神・淡路大震災に際し、「たちばな」は長田港から大規模街区火災に対し遠距離送水を行い、極めて困難な状況の中で、消防水利を補う役割を果たした。

二〇一二年（平成二十四年）四月、水上消防署に第四代化学消防艇「くすのき」（一九・〇トン）が配備された。水中スピーカー、3Dソナーを搭載した最新鋭艦である。続いて、「たちばな」の後継として、冒頭に触れたとおり、新しい名前の「たかとり」が配備された。

「たかとり」の就航式は、二〇一七年（平成

消防艇「たかとり」（神戸市消防局提供）

二十九年）三月二十日、神戸市水上消防署東側岸壁で執り行われた。「たかとり」は全てオーダーメイドで建造され、放水量を得るための重いポンプを乗せながら、速力も出せるように設計されている。放水時にも艇が水の勢いに耐えて安定するよう、エンジンはポンプ用と動力用に分けて設けられている。高さ一〇メートルの放水塔は、高所放水が可能で、岸壁に立つ倉庫などの火災にも対応できる。

就航式の日には、ちょうどクイーン・エリザベス号が入港していて、その借景をいただきながら、就航式が行われたのを想い起す。

神戸市消防艇「くすのき」「たかとり」は、戦前からの歴史を引き継ぎながら、消防職員の高邁な精神と高い能力に支えられ、これからも海の安全を確保するため使命を果たし続ける。

「港に船が着く」

「もうすぐ陽がのぼる」。

いい歌だった。確か、一九六九年（昭和四十四年）、高校に入った年、吉永小百合さんが歌っていたように記憶している。作詞・北山修、作曲・はしだのりひこ。フォークソング系の曲だ。

もうすぐ陽がのぼる 港に朝がくる
もうすぐ陽がのぼる 港に船が着く
名前も知らない国へと 旅に出る
子供のままの 私とはサヨナラ

吉永小百合さんの歌声は、すごく澄み切っていて、清潔感があった。それに、この歌は、神戸にぴったりで、ひとり港に佇み、この歌を口ずさんでいた。

名も知らぬお船に乗り 地図にない海をゆく
もうすぐ陽がのぼる 私は泣かないわ
名前も知らない国へと 旅に出る
誰も私を知らない 国へ 行きたい

二番の歌詞の中の、「誰も私を知らない 国へ 行きたい」という部分が、とくに好きだった。そろそろ、神戸とは違う、新しい世界への憧れのようなものがあったのかも知れない。

曲は、こう閉じられる。

名前も知らない国へと 旅に出る
新しい私の人生が はじまる

四十年の歳月が流れ、「名前も知らない国」ではなく、この歌に憧れた、生まれ故郷の街で、私の新しい人生が始まった。
神戸に帰ってきてしばらくして、会下山公園に登る機会があった。五年生まで学んだ神戸市立川池小学校（現会下山小学校）の「川池こどもの歌」は、この会下山が舞台で、確か、次のように始まっていた。

明るく晴れた　会下山に
こだまとひびく　歌の声

そして、二番か三番の冒頭。

神戸の港　見下ろして
世界に伸びる　明日の夢

半世紀ぶりの会下山公園は、昔に比べ、樹影が濃くなっているように感じられた。そして、眼下には、子供のころに眺めたときと同じように、神戸の街並みと海が広がっていたが、港ははるか遠くに移っていた。

III

夢か現か。

一九六〇年代の初め、小学一、二年生のころ、自分が見た光景が、夢だったのか、現実だったのか、当時も定かでなく、今でもよくわからないことがある。

場所は、湊川公園─毎日のように野球をしたり、うろうろしたりしてよく遊んだ。混沌とした時間と空間で、廃墟のような神戸タワーが、まだ聳えていた。傷痍軍人がハーモニカを吹いたり、アコーディオンを弾いたりして、喜捨を求めていた。ここまでは間違いなく現実だった。

ふと、公園から眼下の街並みを眺めると、人の気配がない。不気味なほど静まりかえっている。空を見上げると、雲はすべてピンク色に染まり、誰が飛ばしているのかわからない飛行機が旋回している。神戸の街を警戒しているのか、爆弾を落とそうとしているのか、よくわからない。確かなことは、とても怖かったということだ。

母親は、くり返し、神戸空襲のことを語っていたし、その頃、キューバ危機が起こるなど、人々は核戦争の恐怖に怯えていたこともあり、そんな雰囲気が白昼夢を現出させたのかもしれない。あるいは、もっと後になって、夜に夢を見て、夢の中の光景を起床時に意識して自分に記憶させ、そのような意識は消失したまま、記憶された夢の中の光景を今日まで引きずっているのかもしれない。私はその光景を今でもはっきりと覚えている。

夢なのか、現実なのか。

神戸大空襲。一九四五年（昭和二十年）の新開地付近。母の話では、焼夷弾が雨あられのごとく降ってきたという。逃げまどう中、すぐ後ろの爆弾が落下、前に進もうとするとすぐ前にも落下、「怖かった、ほんまに怖かった」と何度も語っていた。

中学生のとき、よく授業から脱線する先生がいて、その先生も空襲下の神戸にいた。当時は小学生で、会下山公園から空襲の様子を眺めていたという。「空襲はほんまにきれいやった。まるで花火を見てるようやった。ほんまに綺麗でした」と。

母は、炸裂する焼夷弾の中を逃げ惑い、当時小学生だった先生は、会下山公園から空襲の光景を眺めていた。同じ風景の中にいても、惨事の渦中にいる人と、離れて傍観している人との間ではこんなに見える風景が違うものなのか、と驚いたものだ。

『神戸市史 第三集 社会文化編』(一九六五年)、『新修神戸市史 歴史編Ⅳ』(一九九四年)などによれば、神戸における空襲の被害は甚大であった。

神戸市に対する焼夷弾を使った無差別爆撃は、一九四五年(昭和二十年)二月四日に初めて行われた。通常の爆弾が爆風を起こしたり、破片をばらまいたりして軍事目標などの破壊を目的とするのに対し、焼夷弾は、可燃性の物質を詰め込み、建物などを焼き払うためにつくられた爆弾である。日本の大都市に対する焼夷弾を使った無差別爆撃は、三月十日の東京大空襲を皮切りに本格化し、名古屋、大阪、横浜などの都市が空襲にさらされた。神戸では、三月十七日未明の大空襲により、兵庫区、林田区、葺合区を中心とする神戸の西半分が壊滅した。記録によれば、死者二五九八人、家屋の全焼全壊六万四六五三戸、罹災者は二三万六一〇六人にも及んだとされる。神戸市の施設では、葺合、湊東、兵庫の各区役所が焼失し、県庁、神戸地方裁判所、神戸中央郵便局・神戸中央電話局市外電話分局のほか、湊川神社などの社寺も焼失した。

五月十一日の空襲では、当時の本庄村にあった川西航空機に対して爆弾による精密爆撃が行われ、住吉村を除く東部の町村に甚大な被害が出た。また、灘区役所は直撃弾を受け、三十三人の殉職者を出した。

さらに六月五日の空襲では、西は垂水区から東は西宮市までの広範囲な地域が爆撃され、それまでの空襲の被害が比較的少なかった神戸市の東半分が焦土と化した。市内の死者は三一八四人、建物全焼全壊五万五三六八戸、罹災者は二一万三〇三三人にも上ったという。犠牲者がとくに多かったのは、葺合区、生田区、須磨区などで、神戸市外の御影・住吉・魚崎・本山・本庄の五か町村でも二六九人の死者を出し、六甲山の山林も大規模に焼失した。生田、長田、須磨の各区役所が焼失、神戸市の区役所はすべて機能を停止した。市長公舎、布引市立美術館なども焼失し、鉄道省高取工場、灘の銘酒の蔵元、生田神社などの社寺の多くも炎上した。中央電話局の市外局が焼失して市外との連絡が途絶したため、神戸市と周辺の惨状は大阪府警察部の伝書鳩によって大阪府庁に伝えられ、政府当局にも報告されたという。

空襲で焼け跡となった新開地。左上に神戸タワーが見える（昭和20年）（神戸新聞社提供）

こうして、神戸市域はほぼ壊滅した。『新修神戸市史 歴史編Ⅳ』によれば、神戸大空襲の被害の状況は、死者七四九一人、重軽傷者一万七〇一四人、被災戸数一四万一九九一戸、罹災者総数五三万八五八人であった。人口千人あたりの神戸市の死傷者の割合は、四七・四人で、六大都市の中で最大であったとされる。

神戸市は、本格的な本土空襲が現実のものになろうとしていた一九四三年（昭和十八年）六月一日、市役所内に防衛本部を設置した。警防団、町内会連合会などと緊密な連絡の下に諸般の対策が立てられ、班の構成、人員配置などの実施計画が確立された。警戒警報発令と同時に県救護団員である医師、看護婦など医療機関の総力を集めて防空救護所、救護病院を開設し、重症・重傷者を救護病院に収容する。学校、幼稚園、病院・診療所、保健所、青年会館などの施設のほか教会、そごう神戸支店、神戸ガス会社、福原貸座敷組合などの建物にも防空救護所が開設され、爆風を避けるための待避所も設けられた。

しかし、三月十七日と六月五日の大空襲でこれらの施設の大半が失われ、救護所による応急処置はほとんど不可能となり、移動救護班に切りかえて救護活動が続けられた。三月十七日の空襲が収まり、警報が解除されると、神戸市の防衛本部は、兵庫県などと連絡を取りながら、罹災者収容所を開設した。最寄りの学校、寺院、劇場その他焼け残った建物を収容所にあて、三万五九七一人の罹災者を収容した。もちろん、罹災者数は膨大で、神戸市当局の支援が届いた範囲はごく限られていたと想像できる。それだけに、多くの職員が殉職し、困難な状況の中で行われた神戸市職員の奮闘とともに、どうしようもない現実の前に立ち尽くした人々の絶望も想像を絶するものがある。

神戸は、大空襲、そして、阪神・淡路大震災と、筆舌に尽くしがたい試練を乗り越えてきた都市であることを、改めて痛感する。

「立派な人はみな死んでしもた」

亡くなった母は、私が子供の頃、戦死した海軍士官のことをよく話していた。その海軍士官は、潜水艦に乗り込んでいて、長い航海の合間にときどき神戸に寄港したとき、母と会話を交わす機会があったようだ。礼儀正しく、使命感と責任感にあふれ、優しい人柄だったと、母は述懐していた。

潜水艦の中の任務分担についてはよく知らないが、母によると、その海軍士官は、潜水艦が浮上したとき、まっさきにハッチを開けて艦上に出、潜水するときは、最後にハッチを閉めて艦内に入る役割だったそうだ。潜水艦が浮上してハッチを開け、敵の動きを察知すれば、すぐに艦長に連絡し、再び潜水しなければならなかっただろう。潜水するときは、海水が艦内に流れ込まないよう細心の注意を払ってハッチを閉めたことだろう。神経をすり減らす過酷な任務であったことは容易に想像できる。

母は、祖父母がそばにいないとき、「ハッチを閉めるときにしょっちゅう怪我をするのか、いつも指に包帯を巻いていた」と、その海軍士官のことを追想してした。淡い恋心を抱いていたのかも知れない。私が小学校の高学年になった頃からは、もうその海軍士官のことは、口にしなくなった。

それでも、家族で夕食を囲むときには、その海軍士官を念頭に置いていたのかどうかは判らないが、「立派な人は、みな戦争で死んでしもた」などと、しみじみと語っていた。機嫌の悪いときは、父に向かって「残ったんは、カスばっかりや」などと口走ることもあった。

父の耳に、母の棘のある言葉は届いていたはずだが、父は手酌で熱燗をチビチビやりながら、恬淡とテレビを観ていた。「全国三千万人のプロレスファンのみなさん、こんにちは」で始まるプロレス中継や、あまり格調が高くはなかった時代劇『素浪人 月影兵庫』などを見ていて、反論することも激高することもなかった。潜水艦とともに国に殉じた海軍士官の方のように立派ではなかったかもしれないが、父は父のありようで、戦争の時代を生き抜き、ときどき突き刺さるような言葉を発し続ける母親を怒らせることもなく、穏やかな日々を過ごすことにしたのだろう。それはそれで立派だったのかも知れないと、今から振り返れば思う。

それにしても、戦争によって、数えきれないほどの有為な人材が失われたことに、改めて目が眩む想いがする。戦地において、また国内においても空襲により夥しい命が奪われた。戦時中、多くの神戸市の職員も空襲などにより殉職した。もし戦争がなければ、国家や地域社会、経済の発展を担うはずの若い世代の人々であった。

また、勤労動員による犠牲も忘れてはならないと思う。兵庫県では一九四四年（昭和一九年）四月、県知事を本部長とする「兵庫県勤労動員本部」が設置された。五月三十一日に神戸市民運動場で兵庫県学徒動員壮行会が挙行され、学徒の本格的工場動員が開始された。中等学校男子、中等学校女子、国民学校男子校、女子高一四三校などから十代の若者たちが動員された。軍需工場が数多く立地し、ものづくりの一大拠点であった神戸など兵庫県には、県内からだけではなく、近畿各府県、岡山県、さらには四国の各県からも学徒が来県し、工場などでも勤労奉仕に従事した。記録によれば、一九四四年（昭和一九年）四月から十月までの七か月間で、一〇名が命を失い、傷害事故五〇件、疾病等七二六件の労働災害が発生したという。

神戸よりもさらに大きな悲劇に見舞われたのが、広島だった。宮崎辰雄第一三代神戸市長は、神戸が空襲に見舞われていた戦争末期、当時の野田文一郎市長の秘書をされていた。宮崎氏は、広島に特殊爆弾（原爆）が投下されたと聞き、さっそく部下を調査に行かせたと、自著（『神戸を創る』）で明らかにされている。

その広島では、市長の粟屋仙吉が市長公舎で即死した。広島市役所が編んだ『広島原爆戦災誌』によれば、粟屋市長は、前日夜の九時頃帰宅したが、夜半の空襲警報でまた登庁し、六日午前二時頃、警報解除になって仮眠をとるため公舎に帰っていたときに、原爆が炸裂、倒壊した建物の下敷きとなって焼死した。原爆が投下されたとき、広島市役所にはすでに多くの職員が出勤しており、庁舎は倒壊して多数の職員が殉職した。庁舎の前庭で野宿した助役が市長執務代理者に就任し、職員たちは家庭を省みず、職務にいそしんだ。その間にも、昨日まで元気であった職員が突然原爆症を発して、翌日には不帰の客となるという悲劇もたくさん起きたという。

広島市議会の議員定数は、当時四十八人だったが、応召などで八人の欠員があり、実人員は四十人であった。原爆投下により、長島秀吉副議長ほか十人が被爆死し、生存議員も郡部へ避難しており、市内には四人ばかりがいたにすぎなかったという。原爆投下後の市議会の大きな役割は、被災者の救護の陣頭指揮を執る市長候補を選任することだった。八月二十日、二十人ほどが出席して原爆投下後最初の市議会全員協議会が開かれた後、九月二十七日、市議会が開会され、当時衆議院議員であった木原七郎を正式に市長候補に議決した。十月二十二日、市議会の推薦によって内務大臣が裁定し、勅許により、木原七郎が戦後初代の市長に就任した。

一九四六年（昭和二十一年）四月十日、戦後初の衆議院議員選挙が行われた。当時の詳しい状況には接していないが、総務省に残されている資料によれば、広島でも適法に選挙が執行されている。一九四七年（昭和二十二年）三月二十二日、木原は、GHQの指示により公職追放となり、市長を辞任する。四月五日に行われた第一回統一地方選挙では、候補者が乱立して法定得票数に達する者がなく、決選投票が行われることになったが、候補者の辞退により、第二助役を務めていた浜井信三が市長に当選した。

このように当時の広島の人々は、想像を絶する極めて困難な状況の中で、自分たちのリーダーを選ぶために必死の努力を行ったことがうかがえる。そのようにして選ばれた市長や市議会議員の方々は、さまざまな試練と闘いながら広島の復興に邁進していったのだった。

広島の人々が、地獄のような状況の中から立ち直っていった象徴としてしばしば紹介されるのが、原爆投下からわずか三日後に広島の街を市電が走ったという逸話である。このような奇跡がいかにして成し遂げられたのか―何年か前に放映されたNHKドラマ『一番電車が走った』で、その一端を知ることができた。

すでに男たちは戦地に赴き、広島電鉄の路面電車を運転していたのは、初潮を迎えたか、まだ迎えていない年頃の少女たちだった。その一人、当時十六歳の雨田豊子さんは、運転中に原爆が炸裂し、自らも負傷しながら、八月九日、路面電車の運転席に立つ。被爆し、死期を悟る部下とともに、電気系統の復旧に当たったのは、軍需省から広島電鉄の電気課長に転身していた松浦明孝だった。番組の最後に、孫やひ孫に囲まれ、お元気でお過ごしの雨田豊子さんご本人が登場されていた。当時の模様についてユーモアを交えて語るそのお姿から、たくさんの元気と勇気を頂戴することができた。

戦争によって多くの有為な人々が犠牲になり、戦争の中を生き抜いた人々は、神戸でも、広島でも、また日本の各地で、戦後の復興をリードしていく。

神戸では、六月五日の大空襲の後、野田文一郎市長は健康上の理由により、辞職した。野田市長の下で秘書をしていた宮崎辰雄氏は、後に自著の中で、「野田市長は大空襲の後、臨時市長公舎を転々とし、その頃から、「自分がねらわれている」という空襲恐怖症にとらわれ始めたようだ」と述懐している。

焼野が原の中から神戸の復興が始まった。一九四五年（昭和二十年）十一月、復興本部が設置されると、宮崎氏は復興本部庶務課長兼企画課長になった。神戸市役所に入庁してわずか七年目、三十四歳の若さだった。三十六歳で復興局復興部長、三十九歳で経済局長になり、一九五三年（昭和二十八年）に助役に就任したときは、四十四歳だった。

戦死、殉職した有為な人材の穴を埋めるように、宮崎氏のような有能な若手が登用され、神戸の復興事業に携わった。同様の話は、札幌市に勤務していたときにも聞いたことがある。国の役所でも事情は同じだった。戦争により多くの有為な人材が失われたことは取り返しがつかない悲劇だったが、後に続く人材群が存在する限り、国家も地域社会も蘇ることができる。このことも確かな歴史的事実として記憶にとどめておきたいと思う。

戦前最後の沖縄県知事・島田叡

島田叡《あきら》氏は、戦前の制度の中で最後の官選沖縄県知事を務めた人である。太平洋戦争末期、米軍の来襲が確実視される中、沖縄県知事として赴任し、戦火の中、県民の保護に全力を尽くし、帰らぬ人となった。戦後、本土への複雑な感情が存在してきた沖縄において、もっとも追慕されてきたと言われる内地出身の人物だ。私は、総務省に勤務していたとき、新規採用職員向けの講話の中で、島田叡氏について触れたことがある。「時代は移り、我々は島田知事のような運命をたどることはないかもしれないが、後輩としてその想いを受け継ぎ、国家公務員として恥ずかしくない行動をしていこう」と話したことを覚えている。

島田叡氏は、一九〇一年（明治三十四年）、現在の神戸市に生まれ、第二神戸中学校（現在の県立兵庫高校）を卒業した。第三高等学校文科を経て、一九二五年（大正十四年）、東京帝国大学法学部政治科を卒業し、内務省に入省した。一九二八年（昭和三年）、徳島県保安課長を皮切りに各県警察の幹部を歴任、日中戦争勃発後の上海に領事として勤務し、一九四二年（昭和十七年）に帰国した。帰国後は、各県の部長を務め、一九四四年（昭和十九年）八月、大阪府内政部長に着任した。

この後の展開は、田村洋三『沖縄の島守 内務官僚かく戦えり』（中公文庫、二〇〇六年）に詳しく描かれている。島田知事の前任者は、沖縄県知事在任中、頻繁に東京出張を繰り返し、九度目の出張の時に、香川県知事の内命を受けていた。後任を探していた内務省の人事当局は、島田大阪府内政部長への打診を大阪府知事に指示する。沖縄への赴任は、生きて本土に戻れないことを意味していた。ときの上司、池田清大阪府知事は、島田部長に沖縄県知事の人事を打診するとき、「断ってもいいんだぞ」と言ったと伝えられる。上司にとってもつらい判断であり、多くの官僚が尻込みする雰囲気であったことだろう。

島田部長はこの打診をその場で受諾し、一九四五年（昭和二十年）一月、沖縄県知事に任じられた。沖縄に赴いた島田氏は、困難を極めた状況の中で、軍との調整を図り、県民の保護に努める。まもなく米軍が沖縄に上陸し、壮絶な沖縄戦が始まった。島田知事は、県内の塹壕、洞窟などを転々とした後、南部に追い詰められ、摩文仁付近で行方不明になったと伝えられる。

二〇一二年（平成二十四年）十一月に神戸に戻ってきて間もない頃、島田氏の母校、兵庫高校を訪れ、校内の「合掌の碑」に手を合わせた。島田氏の業績を顕彰して設立された碑である。

島田氏は、一九一四年（大正三年）、当時の第二神戸中学校に入学、兵庫電車（現在の山陽電鉄）で須磨寺駅から通学した。島田氏は野球部に入部し、主将も務めた。兵庫高校の同窓会「武陽会」は、会の重要な活動として、島田氏の事績を後世に伝えることに努力されてきた。島田氏の没後二十年を機に、校内に建立された記念碑が「合掌の碑」である。沖縄の方角に手を合わせるようなデザインで校門近くに建てられている。

武陽会は、二〇〇八年（平成二十年）、兵庫高校創立一〇〇周年記念事業として、沖縄・摩文仁の平和記念公園内にある島田氏の慰霊碑の横に、顕彰碑を設置した。碑には島田氏の座右の銘であった「断而敢行　鬼神避之（断じて敢行すれば　鬼神もこれを避く）」が刻まれている。

二〇一三年（平成二十五年）、武陽会は一〇〇回目の卒業生を迎え、沖縄県立那覇高校の同窓会との間で友好協定を結んだ。そして沖縄県では、同年、県内の野球関係者が中心となって「島田叡氏事跡顕彰期成会」が設立された。期成会では、那覇市奥武山に顕彰碑を設置することや、野球資料館内への「島田コーナー」の設置、多目的グラウンドを島田氏にちなんだ名前にすることなどを目指して、署名活動を展開し、顕彰碑設置のための募金活動を開始した。

このような努力が実を結び、戦前最後の沖縄県知事、島田叡氏の顕彰碑は、奥武山公園内に建立され、二〇一五年（平成二十七年）六月二十六日、除幕式が行われた。六月二十六日は、島田知事が軍の壕を出て消息不明になった日とされている。式典には武陽会のみなさんが多数参加され、那覇高校合唱部による献奏「島守のかみ」に聞き入っておられた。式典の後の懇親会では、顕彰期成会会長の嘉数昇明さんにお会いすることができ、嘉数さんからこれまでの活動や島田氏への想いをお聞きすることができた。また、島田氏の沖縄戦の中での日々を描いた『沖縄の島守　内務官僚かく戦えり』の著者、田村洋三さんにもご挨拶させていただいた。

このとき、嘉数さんは『島田叡氏顕彰事業記念誌』を開かれ、ある新聞記事を見せてくださった。それは、一九四五年（昭和二十年）一月十三日の朝日新聞に掲載された島田知事の辞令だった。記事の見出しは、「内台交流人事」。台湾総督府の幹部人事に関するものだったが、併せて、一月十二日付で、香川県知事と沖縄県知事の辞令が掲載されていた。島田知事の前任の沖縄県知事、泉守紀を香川県知事に、そして、大阪府内政部長、島田叡を沖縄県知事に任命する人事が閣議決定されたことを報じ、二人の写真が並んで掲載されていた。『沖縄の島守』によれば、島田知事の前任者、泉氏は、沖縄県知事在任中、頻繁に東京出張を繰り返し、九度目の出張の時に、香川県知事の内命を受けたとのこと。そして、一九八四年（昭和五十九年）に八十六歳で亡くなるまで、二度と沖縄の土を踏むことはなかった。

泉氏には、米軍上陸が必至の沖縄から「逃げ出した」との「汚名」が着せられてきた。その実像はどのようなものであったのか――私はこの人物に興味を持ち、野里洋『汚名第二十六代沖縄縣知事 泉守紀』（講談社、一九九三年）を読んだ。まさにタイトルどおりこの人物を取り上げたノンフィクションである。

沖縄戦から四十年近い歳月が流れた一九七八年（昭和五十三年）十月、著者は、埼玉県所沢市の古い屋敷を訪ねる。樹木が生い茂る広大な屋敷の門柱には「泉守紀」と記された表札があった。著者は屋敷を二度訪ね、泉氏の妻、そして泉氏本人にも面会した。元知事は、黒い革表紙の日記帳に、そのときどきの出来事や率直な気持ちを万年筆で几帳面に書き残していた。筆者は、この日記を手掛かりに泉氏の足跡をたどることになる。

沖縄に赴任した泉知事は、ほどなく軍と激しく対立するようになり、怒りを込めて、次のように記す。

〈兵隊という奴、実に驚くほど軍紀を乱し、風紀を紊す。皇軍としての誇りはどこにあるのか……〉

米軍機の来襲が相次ぐ中、行政の長である知事の苦悩は深まるばかりだった。任務への責任感、その一方で、できれば立ち去り、愛妻と暮らしたいという思いが交錯する。そして上京し、沖縄を去ることになる。

泉氏に対する沖縄県民の視線は戦後もずっと冷たいものだった。しかし著者は、泉氏を知る人々の証言を織り交ぜながら、当時の状況を忠実に蘇らせようと試みる。行間からは、行政のトップから見放されたと感じた県民の怒りとともに、泉氏本人の心情にも寄り添いながら、先入観を持つことなく、過酷な時代を生きた人々の姿を公正な視点で書き残したいという著者の思いが伝わってきた。

前任の沖縄県知事の行動を批判することは簡単だが、自分がもしそのような任務を命じられたとしたら、どのように行動したのかが、ときどき頭を過る。敗色が濃くなっていた戦争末期、地獄のような戦地への赴任をできれば避けたいという官僚たちの雰囲気、そして直属の部下をそのような目に遭わせたくないという心情は、島田氏の上司であった大阪府知事の言葉からも窺える。そのような中にあって、即座に敢然と打診を受諾した島田氏の行動と決断は、当時の内務官僚の中でも際立ったものだった。

「シチョウユソツガ兵隊ナラバ…」

「輜重輸卒（シチョウユソツ）ガ兵隊ナラバ　蝶々トンボモ鳥ノウチ」

子供の頃、母親がときどき口遊《くちずさ》んでいた。もちろん何のことかわからなかったのだが、大学生になってようやくその意味を知った。「輜」とは、衣類を載せる車、「重」とは荷を載せる車の意で、輜重兵科は、部隊の移動に際して、糧食、被服、武器、弾薬など軍需品の輸送を担う兵科だった。この軍務を担うのが輜重兵で、その監督の下に実際に軍需物資の運搬作業に従事したのが輜重輸卒であった。母が口遊んでいた戯《ざ》れ歌には、このような役割を担う輜重輸卒は兵隊と呼ぶには値しないという侮蔑が込められていた。

いつの時代にも戦いをするに当たって、輸送手段は重要である。富国強兵を目指した明治政府もこのことをよく認識していた。『日本陸海軍総合事典』によれば、一八七三年（明治六年）三月、輜重兵の編成表が定められ、各鎮台、後には師団に逐次輜重兵部隊が編成されていった。一八七七年（明治十年）の西南戦争では、六万人の征伐軍に対し軍夫一〇万人を雇い、その賃金に征伐費の半ばを費やしたことから、補給輸送を専担する兵の必要性が改めて認識されるようになった。そこで一八七八年（明治十一年）十月の徴兵令改正に際し、輜重兵とは別に輜重輸卒のほか看病卒、職工などの雑卒を徴集することにした。

日清戦争では臨時輜重輸卒（二か月の教育）を加えても足りず、約十万人の軍夫をやとい、戦病による多数の犠牲者を出した。軍夫の賃銀は一般兵の一〇倍を要したので、日露戦争では徴兵による補助輸卒を用い、経費を節減したと伝えられる。

このように、輜重兵と輜重輸卒との間には、厳然たる階級上、あるいはある意味で身分上の差異があったが、輜重兵、その中の将校の間においても、輜重兵の位置づけは低いものであった。例えば、戦前の陸軍において情報将校として名を馳せた鈴木庫三が苦学の末、陸軍士官学校に合格したとき、彼は砲兵、工兵、騎兵の順に兵科の希望を出していたが、指定されたのは、輜重兵科だった。このとき鈴木は、計り知れない絶望を味わっている。そして、この屈辱を胸に、勉強と自己研鑽に邁進していくのである。（佐藤卓己『言論統制　情報官・鈴木庫三と教育の国防国家』中公新書、二〇〇四年）

第一次世界大戦で明らかになった近代戦の状況の中で、輸送に当たる部門の士気の重要性にようやく気付いた陸軍当局は、一九三一年（昭和六年）十一月、満州事変の勃発も踏まえ、輜重輸卒を輜重特務兵と改称した。さらに一九三九年（昭和十四年）三月には、輜重兵特務二等兵等の「特務」を削り、輜重兵二等兵などと改称、長年の差別的名称は姿を消し、進級の道も開けた。しかし、差別的な視線はその後も残り続ける。母親が口遊んでいた戯れ歌が庶民の間で膾炙《かいしゃ》していたことは、兵站《へいたん》を現場で担う部門とこれに携わる人々に対する軽視と侮蔑が、国民の間に広がっていたことを伺わせる。

兵站を顧みない無謀な戦術は、アジア、太平洋の戦場で幾多の悲劇を生み出した。現場感覚の欠如は、戦前の陸海軍指導部の大きな特徴と言われるが、国民の間にも、地道な兵站部門を蔑む精神構造が形成されていたことも忘れるわけにはいかない。

現場感覚の欠如は、何も過去の話ではなく、現代の役所の中にも広く見られる。私は一般職の公務員として三十六年間公務部門に身を置いたが、実務の現場がどう回るのかを十分吟味しないままに、重要な意思決定が行われる状況を何度となく見てきた。もちろん、自分なりに現場感覚を踏まえた結論が導かれるよう、置かれた立場に応じて最大限の努力をしたつもりではあるが、大きな組織の中で一人ではどうすることもできなかったことも多かった。また、政治日程が優先される中で、実務的検討が十分でないまま見切り発車が迫られたり、決定権を持つ政治の側で、実務への配慮よりも世間受けする方向が優先されたりすることもあったように思う。

現場を重視した政策が立案され、実施されるためには、意思決定の場所と現場との距離をできるだけ縮めていくことが重要だ。その意味で、地方自治体が担当する事務の権限を、意思決定権限を含め国の各府省から地方自治体に移譲していく地方分権を進めていくことが求められる。しかし、地方自治体に権限を移しても、神戸市のような大きな組織を抱える自治体においては、やはり意思決定の場所と現場の意思疎通が十分円滑に行われず、現場の作業や実務の実態を十分把握しないままに方針が決められたり、実務のルールが定められたりすることがありうる。このような状況は、現場の実務がどう回るかよりも、見栄えがする計画やビジョンなどの策定に血道を上げ、「作文行政」に耽ることを良しとする風土が形成されていると、なかなか改善していくことが困難になる。空疎な作文行政から決別し、常に現場重視の行政を志向していくことが大事だと、日々感じている。

今でも繰り返される不発弾処理

神戸の空襲から七十年余りの歳月が流れたが、空襲は決して過去の出来事にとどまるものではなく、今なお市民生活に影響を与えている。そのひとつが、ときどき見つかる不発弾への対応だ。私は、神戸市役所で仕事をするようになって、三度不発弾処理を経験した。

一度目は、二〇一三年（平成二十五年）東灘区甲南町一丁目のマンション建設予定地で発見された不発弾だ。二月十七日、不発弾処理の作業が行われ、副市長だった私は、市役所に詰めてスクリーンに映し出される現地本部の対応の様子を見守った。

二度目の不発弾は、二〇一四年（平成二十六年）、兵庫区中之島二丁目のイオンモール建設予定地で見つかった。米国製二五〇キロ爆弾の一部であった。八月二十四日午前七時三十分、近くの小学校に現地対策本部が設置された。本部長は市長だが、実際の作業は、神戸市と自衛隊との協定に基づき、陸上自衛隊において行われる。中部方面後方支援隊第一〇三不発弾処理隊が実際の作業に当たる。災害対策基本法に基づく警戒区域が設定され、区域内の住民に対して退去が指示された。高松線、松原線などの道路の一部も通行止めとなった。午後三時二十六分、処理が完了し、本部長が安全化宣言を行った。

三度目は、二〇一六年（平成二十八年）五月三十一日、旧神戸海洋気象台があった中央区中山手通のマンション建設現場で米国製二五〇キロの焼夷爆弾が見つかった。六月二十六日午前七時三十分、相楽園会館に現地対策本部を設置。午前九時、陸上自衛隊中部方面後方支援隊による作業が現地で開始された。前回と同じく、第一〇三不発弾処理隊により作業が行われた。処理が終わったとの報告を受けて現地に赴き、午前十一時四十分、安全化宣言を行った。

不発弾が発見されると、まず警察から自衛隊の不発弾処理隊に通報され、発見現場に出動して不発弾の識別が行われる。自衛隊の資料によれば、危険を伴う不発弾処理を的確に遂行する上で、この不発弾の識別を正確に行うことがもっとも重要であるとされている。識別・調査の結果、不発弾の運搬が可能な場合は、不発弾処理隊が回収し、後日処分を行う。爆弾や現地の状況により運搬が不可能な場合は、地方自治体と協議し、現地で信管除去と呼ばれる処理を行うか、爆破処分を行うことになる。私が現地本部で関わった二件の処理は、いずれも信管除去により行われた。

信管は、爆弾に取り付けられ、衝撃などによって安全装置を解除して弾薬類を爆発させる装置である。爆弾が爆撃機から投下されたにも関わらず爆発しなかったのは、信管が正常に起動しなかったためと考えられるが、信管が装着されている以上、外部からの衝撃により爆弾が爆発する可能性がある。信管の除去は、爆発の可能性と隣り合わせの危険な作業である。

実際、不発弾処理隊の幹部が詰める現地対策本部には、研ぎ澄まされた緊張感が漂っていた。実際に現地で爆弾の処理に従事している自衛隊員のみなさんの緊張感、危機感はそれ以上だろう。二〇一四年（平成二十六年）にイオンモール建設予定地で発見された爆弾の処理は、午前九時から作業が開始され、終了したのは、約六時間半後の午後三時四十六分であった。この間、現場の責任者から現地対策本部の最高責任者に報告が繰り返された。現場責任者がそのときどきの作業状況を説明すると、現地対策本部の最高責任者は、ご自身で紙に信管の図を描き、具体的に指示を与えていた。その図を食い入るように見つめ、上官からの指示を一言たりとも聞き漏らすまいと聞き入る隊員の方々の姿は、今も目に焼き付いている。まさに国民の命を守るための命がけの仕事だ。神戸での不発弾処理へのご貢献に心から感謝申し上げるとともに、日ごろのご苦労に敬意を表したい。

水害とのたたかい

震災で甚大な被害を受けた神戸は、同時に、たびたび水害に見舞われてきた都市でもある。戦前の一九三八年（昭和十三年）の阪神大水害は、古くから神戸にお住まいの方から話をお聞きすることがある。

『新修神戸市史』などによれば、一九三八年（昭和十三年）六月の神戸地方は長雨が続き、七月三日の夕方から風雨が強まった。七月四日の夕方、雨はいったん収まったが、七月五日未明から猛烈な雨が降り、七月五日の雨量は、一日で二六八・七ミリを記録した。七月三日から五日にかけての三日間の降雨量も四六〇ミリメートルを超え、特に六甲山では三日間に六一五ミリメートルを越す豪雨となった。

市内では、湊川、石井川、宇治川、妙法寺川、都賀川、青谷川などの河川が次々に氾濫し、生田川の暗渠口は流木に閉塞され、濁流は旧生田筋を流れて西方などへと広がっていった。このような中、市街地の家屋は、次々に濁流に流され、また水没していった。

当時の神戸市の市域は今よりもはるかに狭かったが、六一六名の死者・行方不明者が出た。阪神間の死者・行方不明者は、六九五名で、被害が出た地域の多くは、現在の神戸市域に含まれる。阪神大水害の被害を大きくした原因としては、六甲山の地質条件、当時の植林状況に加えて、六甲山系から流れ下る中小河川が天井川と化していたことが挙げられる。また、急激な市街地の拡大に伴って市街地河川の統廃合や付け替えが進み、下流部分では暗渠化が図られたが、これらの流下能力、排水能力が短時間の豪雨に到底耐えられなかったことも指摘される。当時の勝田銀次郎市長は、六日に市長告諭を発し、罹災市民を慰謝・激励するとともに、大阪放送局より録音放送を行い、全国に水害の被害を訴えた。

災害後の政府の対応は早かった。大水害の翌々月の九月、内務省は六甲砂防事務所を設置し、

昭和13年の阪神大水害（写真提供神戸市）

一九三九年（昭和十四年）五月から六甲山系で国直轄の砂防事業を開始した。すでに日中戦争が始まっており、戦時体制に移行しつつある中で、国主導によって新たな組織が設けられ、国直轄の事業が始まったことは驚くに値する。当時の関係者の英断は末永く称えられるべきであろう。

昭和42年の水害（神戸市市ヶ原）
（神戸新聞社提供）

戦後の大きな災害は、一九六七年（昭和四十二年）の大水害だ。「昭和四十二年水害」と呼ばれることが多い。七月九日、熱帯低気圧となった台風七号が西日本に停滞する梅雨前線を刺激し、集中豪雨をもたらした。六甲山系のあちこちで土砂災害が発生し、とりわけ、当時の葺合区市ヶ原の世継山斜面では、大量の土砂が崩れ落ちて麓の集落を直撃し、二一名の人命が失われた。神戸市全体の被害は、死者八四名、行方不明八名、家屋の全壊流出三六一世帯、半壊三七六世帯、床上浸水七七五九世帯、床下浸水二万九七六二世帯だった。

私は当時山田中学の二年生で、雨が激しく降り出したとき、神戸電鉄湊川駅の近くにいた。鈴蘭台の自宅に帰宅しようとしたが、たちまち歩道は水があふれ、それでも何とか神戸電鉄の湊川駅にたどり着いた。当時、神戸電鉄は湊川が終点の地上駅で、停車していた車両ごとプラットホームが完全に浸水していた光景をまざまざと想い起こす。しばらく神戸電鉄も有馬街道も不通になり、何日後かに、西宮の山口辺りを迂回したルートをたどるバスに乗り、数時間かかって鈴蘭台の自宅に帰った。

昭和四十二年水害の豪雨は、阪神大水害のときと比べ、総雨量はやや下回るものの、最大時間雨量はこれを上回った。しかも山麓まで宅地化が進み、災害の危険度はむしろ高まっていたのかもしれない。それにも関わらず、人的被害が大幅に減少し、河川の氾濫も大きく減少したのは、砂防施設の整備や植林事業が進み、山林の防災力が向上したことが大きい。とくに、住吉川上流に一九五二年（昭和二十七年）に設置された五助堰堤は、一夜にして一二万立方メートルの土砂を受け止め、下流域を土砂災害から守った。阪神大水害のときには砂防堰堤はなかったが、その後、戦後の困難な時代にも整備が進められ、昭和四十二年水害のときには一七四基があった。

二〇一八年（平成三十年）は、阪神大水害から八十年に当たり、私は年初の挨拶で、神戸開港一五〇年とともに阪神大水害に触れ、当時の被害に言及するとともに、水害への警戒を呼びかけることにした。嫌な予感が的中したのか、この年、日本列島は梅雨期の豪雨や度重なる台風の来襲により大きな被害が出た。神戸では、阪神大水害とほぼ同じ時期に当たる七月五日から七月七日深夜までに、中央区三宮で四六六・〇ミリメートルの雨量を記録した。これは、阪神大水害のときとほぼ同じ総雨量である。

阪神大水害のときと比べ、豪雨が続いた時期の後半に時間単位当たりの降雨量が少なかったことも影響していると思われるが、死者・行方不明者はゼロで、人的被害はほとんどなかった。砂防堰堤は昭和四十二年水害の後も整備が進められ、五四五基が完成していた。震災後に始まった「六甲山系グリーンベルト整備事業」も大きな効果を発揮したと考えられる。宝塚市から神戸市須磨区に至る六甲山系南部の山腹斜面全域の樹林帯を防災緑地として整備しようとするスケールの大きな事業だ。神戸市域における事業規模は、約五四〇〇ヘクタールと予定されている。山全体を土砂災害に強くするとともに、市街地の無秩序な拡大を防止し、安全で緑豊かな六甲山を目指す。

近年、雨の降り方が異常になり、台風も巨大化する傾向が指摘されている。長い間、国、兵庫県、神戸市が密接な連携の下に行ってきた成果の上に、最新のテクノロジーも取り入れながら、防災対策を進めていきたい。神戸の水害とのたたかいは、これからも続く。

阪神・淡路大震災「1・17のつどい」

竹灯籠のろうそくに火が灯され、午前五時四十六分、時報の合図とともに、参列者は、犠牲者の方々に哀悼の意を表し、静かに手を合わせる。当時、神戸市の幹部職員として震災への対応に奔走され、その後、三期十二年にわたり神戸市長として震災復興とその後の財政再建に尽力された矢田立郎前市長のお姿もある。「慰霊と復興のモニュメント」前での式典では、『しあわせ運べるように』が歌われ、遺族代表の追悼の言葉を述べられた後、私からも挨拶をさせていただく。「つどい」の後、登庁。市役所内の危機管理センターで、災害対策本部本部

2017年阪神・淡路大震災1・17のつどい
（写真提供神戸市）

員会議による訓練が行われる。
副市長のとき初めてこの訓練に参加し、驚いたことがある。阪神・淡路大震災とほぼ同じ規模の地震が発生し、一時間余りが経った時点を想定した訓練だったが、この時点で、すでに多数の死者が発生していることを前提にして、死者への対応についても言及されていたことだ。災害発生後しばらくは、生存者の救出に全力を挙げることとするのが通常だが、早い段階で死者が多数発生しているという想定は、阪神・淡路大震災時における厳しい経験とその反省が下敷きになっているものと思われた。

幹部のみなさんは、実際に、あのとき、想像を絶する苦労をされ、神戸の街の再生に献身的な貢献をされた方がほとんどだ。毎年の年度末、退職される幹部のみなさんと懇談する機会があるが、ほとんどのみなさんが言及されるのは、震災のときのことである。歳月が経ち、月日が流れるのを止めることはできず、市役所でも世代が交代していくことは避けられない。大事なことは、後に続く者が、想像を絶する苦労をされた先輩のみなさんの経験や想いをしっかりと受け継いでいくことだと思う。市役所職員、小中学生時代の同級生、体育館が遺体安置所となった母校灘高の先輩から折に触れて当時のお話を聞くたびに、過酷であった当時の状況を脳裏に思い浮かべ、言い知れぬ罪悪感に襲われる。

貝原俊民さんの急逝

前兵庫県知事、貝原俊民さんは、二〇一四年（平成二十六年）十一月十三日、神戸市内で交通事故によりお亡くなりになった。事故に遭われ、心肺停止、との第一報を市役所で受け、ほどなくご逝去の知らせが入った。言葉では言い表せない衝撃だった。どうしてこんなことになったのか、今でも信じられない想いだ。

貝原さんは、震災当時、笹山幸俊神戸市長とともに、震災対応の陣頭指揮を執られた。震災当時、私は札幌市に勤務していて、テレビで防災服の貝原知事が県民に語りかけるお姿を何度も拝見した。

振り返れば、一九七六年（昭和五十一年）に旧自治省に入省して以来、貝原さんには四十年近くご指導をいただいてきた。若い頃、県庁に貝原さんをお伺いすると、よく家族の近況を訊ねてくださった。一九八四年（昭和五十九年）の私ども夫婦の結婚式には、遠いところをご夫妻で出席してくださった。

貝原さんは、知事を退かれてからも防災や地方自治について積極的に発言され、行動に移されていた。内閣総理大臣の地方自治制度に関する諮問機関である地方制度調査会の委員にも就任されていた。二〇〇三年（平成十五年）、私が総務省で地方自治制度を担当する自治行政局行政課長になったとき、第二七次地方制度調査会は、「平成の大合併」に関する方針を含め、基礎自治体のあり方を議論していた。提出資料の説明の大部分は私が担当したが、その道のプロでおられる貝原さんの前で説明するのは、かなり緊張を伴う仕事だった。貝原さんは、市町村合併、大都市制度、道州制などについて積極的に発言されていた。

今でも想い起こすのは、貝原さんが大都市のあり方として「大を小に」と何度かおっしゃったことだ。はっきりとは言われなかったのではないかと記憶するが、貝原さんは、神戸のような指定都市は、基礎自治体としては規模が大きすぎるのではないかと考えておられるように感じた。

後に、神戸新聞に連載された「わが心の自叙伝」の中で、貝原さんは端的に、「私は、大震災のとき、大都市の制度的欠陥を感じた。それは、基礎自治体として、人口規模が大きすぎるということである」と述べておられる（二〇一五年三月二一日掲載）。そして続けて次のような感想を披歴される。――「神戸市とほぼ同じ人口規模の阪神地域には、七市一町がある。大震災時には八人の首長が対応し、広域的なことは知事が所管した。それに対し、神戸市では、市長一人がほとんどの責任を持った。このことによる住民対応の密度に、大きな差があった。」

貝原さんが、現行の指定都市制度について大きな疑問を持っておられたことは間違いない。神戸市が大きすぎるから解体すべきだとまで考えておられたかどうかは疑問だし、そのような議論は、少なくとも私が市長になってから市会でも聞いたことがない。神戸市を廃止すべきだと考える市民は少ないだろう。しかし規模の小さな自治体と比べて市役所と住民との距離があることも確かだ。区役所の事務範囲を広げ、区長の権限も強化していくことが求められる。神戸市の中での域内分権を進めていく必要がある。

貝原さんの「わが心の自叙伝」の中でもうひとつ印象に残っているのが、「人間サイズのまちづくり」と題された論考だ。亡くなられた後に神戸新聞に掲載された（二〇一五年三月七日掲載）。「阪神・淡路大震災からの教訓に学び、『巨大サイズ』『経済サイズ』『画一サイズ』によるまちづくりから脱皮して、『人間サイズ』による都市づくり」が提唱されている。

貝原さんによれば、神戸市の創造的復興の中で、新しい都市機能の整備をめざしたプロジェクトが二つあったという。

ひとつは、「ＨＡＴ神戸」。神戸製鋼所発祥の地に、世界保健機関（ＷＨＯ）を誘致し、国際協力機構（ＪＩＣＡ）関西国際センター、神戸赤十字病院、ひょうご震災記念21世紀研究機構、人と防災未来センター、兵庫県こころのケアセンター、県立美術館などを整備し、「人の安全や安心についての研究、国際協力を、神戸市の新しい都市機能として位置付けることとした」とある。

二つ目は、医療産業都市構想。テーマパーク構想もあったようだが、神戸市はこれを採用しなかった。今日、さまざまな研究機関や大学などの施設、医療機関、民間の研究所などが集まり、日本でも有数の医療産業の集積地となりつつある。

貝原さんは、「この二つの新しい都市機能は、神戸市を経済サイズの単なる港湾都市から、人間サイズのまちへ進化させるものである」と結んでおられる。「単なる港湾都市」という表現には多少の違和感を覚えるが、ＨＡＴ神戸と医療産業都市を「人間サイズのまちづくり」として位置付けておられた貝原さんの視点は今日でも新鮮だ。「人間サイズ」

という視点を忘れることなく、前に進んでいきたい。

四十年ぶりに神戸に帰ってきたとき、貝原さんは私を取り巻く状況がたいへん厳しいことを心配され、いろいろとご助言をいただいたことも想い起こす。二〇一三年（平成二十五年）十月の選挙で辛くも当選させていただいた後、市長としての仕事のペースをつかむことができたら、行政のトップとして震災当時どのように対応されたのか、改めて是非お話をお伺いしたい、お聞きしなければいけない、と思っていたが、それも叶わぬこととなった。

貝原さんに最後にお会いしたのは、家内だった。二〇一四年（平成二十六年）十一月九日、丹波の森公苑ホールで開催された「シューベルティアーデたんば」のコンサートで、家内の演奏を聴いてくださった。会場で「とても素晴らしいシューベルトでしたよ」とお声をかけていただき、握手をしてくださったのだそうだ。大きな、厚い手だったという。

Ⅳ

山田川のほとり

北区の山田町は、豊かな自然に恵まれるとともに、歴史ある文化遺産の宝庫である。山田川のほとりには、丹生山山頂の丹生神社、無動寺、六條八幡宮、七社神社などの寺社があり、民俗芸能も残されている。

母校山田中学校校歌の二番は、「史跡豊けき里ぬいて　流れも清き　山田川」で始まるが、山田川のほとりに広がる里は、まさに史跡の宝庫だ。

半世紀くらい前から、住宅開発が盛んに行われてきたが、今なお、数々の文化遺産が、地域のみなさんの力によって、大切に守られている。

北区山田町の旧家の方から、旧武庫郡山田村の郷土史『武庫郡山田村郷土史』をお借りし、目を通したことがある。山田村役場が、一九二〇年（大正九年）に発行した郷土史である。村名起源、丹生山田庄の沿革に始まり、維新前における各部落の行政、旧幕府時代の状況が説明されている。そして、廃藩置県から町村制実施に至る経緯、町村制施行後の状況もよく理解できた。

村会、村長、助役、収入役の役割とともに、歴代の村長、助役、収入役、村会議員、県会議員、郡会議員の名前も記されていた。また、当時の道路、砂防工事や林業、林産物の状況、境界紛争に関する記述も興味深いものであった。寺子屋から学校教育への移行、各小学校の沿革にも紙幅が割かれている。

行間から伝わってくるのは、この郷土史を編んだ人々の山田村への愛情、そして村行政に対する使命感であった。村民が力を合わせて、山田村を発展させていこうという強い決意が感じられる。

当時の盛本萬右衛門村長の巻頭言には、次のように記されていた。

村治に於て着々穏健の進歩に向ひ、茲に三十年の星霜を経過せる一の記念として見るべく、将来五十年百年の後に於て、其の二篇三篇の続出せんこと期して俟つべきなり。

旧武庫郡山田村は、一九四七年（昭和二十二年）に神戸市に編入合併され、山田村の村長、村会、村役場も廃止された。五十年後、百年後に「山田村」郷土史の続編が編まれることもなくなった。

当時の山田村の人々は、単独で自治体として存続するよりも、神戸市と合併する方が地域にとって良いことだと信じ、合併という選択をされたのだと思う。山田村に限らず、当時の旧村の人々の気持ちを想い起こしながら、地域の振興発展を図っていくことが大事だと思う。

当時の山田村、現在の山田町の各集落を巡り、神戸電鉄箕谷駅前までを結ぶバス路線が、神戸市バス一一一系統だ。沿線には、無動寺（福地下車）、六條八幡宮（山田小学校前下車）、若王子神社（福地下車）、箱木千年家（衝原下車）、下谷上農村舞台（小橋下車）などがあり、まさに文化財の宝庫である。二〇一六年（平成二十八年）、神戸市交通局では、市営交通一〇〇周年プレイベントとして、山田町の重要文化財をめぐるキャンペーンを始めた。

山田の里は、もちろん、自然が豊かだ。黄金週間、丹生山の山頂にある丹生神社に登ると、登山道で小鳥のさえずりを聞きながら、さまざまな木々や花々に触れることができる。

このころ出会えるのがシャガ（著莪）の花だ。アヤメ科の多年草で、五月頃に薄紫色の花が咲く。登山道の森陰のところどころにシャガの群落があり、ひっそりと咲き誇る。全体としては地味な印象なのだが、近寄って花を覗くと、花びらの中央がオレンジ色で、その周りを濃紺色の模様が取り囲んでいる。驚くほど美しく、鮮やかだ。目立たないけれど、妖しい魅力と存在感がある。シャガの花の命は一日限り。群落の蕾が次々に花開き、静かに咲き誇る。儚くも逞しい生命力を宿している。どの花が一番好きかと聞かれたら、迷わずシャガを挙げたい。

シャガの花の群落に見とれながら、山頂の丹生神社に到着する。二〇一八年（平成三十年）に参拝したとき、おみくじを引いたところ、「末吉」だった。

「風さわぐ　秋の夕は　行船も　いりえしづかに　宿を定めて」

運勢は、「何事も進みいずるは宜しからず。心静かに諸事控え目にし、これまでの職業を守り、身を慎みて勉強すべし。その内に悪しき運気去りて幸福の時来るべし」とあった。

この年の一年を後になって振り返れば、迷うところもあったが、諸事控え目にせよ、というこのお告げは、あまり守らなかったように思う。

このおみくじを引いてほどなく、市役所にヤミ専従が横行している、という情報に接した。当局も含めた市役所ぐるみの慣行であることが推認され、不用意に動くと、文書の改ざんなど隠ぺい工作が行われる可能性も否定できなかった。ずいぶん悩んだが、第三者委員会を設置し、徹底的な調査に踏み切ることにした。その後の調査で、この悪しき慣行の淵源は昭和二十年代にまで遡り、数十年にわたって続けられてきたことが明らかになった。

また、北神急行の運賃問題は、これまでも悩みの種だった。抜本的な引き下げを実施するには、神戸市交通局がこれを引き受けるしかないと思い定め、水面下で協議を開始した。御用納めの直前ぎりぎりに、阪急電鉄と交渉開始について合意し、共同記者会見を行うことができた。いずれも、前に進めるには大きなリスクを孕んだ課題だった。

山田の里を通るとき、必ず想い出すのが、自転車事故のことだ。中学二年生のとき、インフルエンザが流行し、学級閉鎖になったことがあった。同級生とふたりで山田川の畔を気持ちよく走ろうと、サイクリングに出かけることにした。正直、多少の迷いはあった。というのは、箕谷に向かうには鈴蘭台から二軒茶屋に出て有馬街道を進む必要があるのだが、有馬街道はかなり交通量が多く、自転車で走りにくかったからだ。車に接触しないよう慎重に走り、無事箕谷に到着。山田中学の前を通り、われわれは颯爽とペダルを漕ぎつづけた。

「餓鬼の喉」を越え、山田の田園風景を眺めながら進む。途中で道は下り坂になり、右にカーブして山田川にかかる橋を渡るはずだった。

ところが——まるで分解写真を見ているようだった。先を走っていた私は、カーブを曲がりきれず、橋の欄干に激突してしまったのだ。

気が付いたら、自宅の布団の中だった。ずいぶん長い間、気を失っていたのだろう。何が起こったのか、理解できなかった。しばらくして激しい吐き気に襲われ、私は何回も洗面器に吐き続けた。往診に来られた先生が、脊髄から水を抜いた。めちゃくちゃ痛かった。

歳月が流れ、神戸に戻ってしばらくして、四十年ぶりに同級生と再会した。新開地の居酒屋「丸萬」で酒を酌み交わし、半世紀近く前の自転車事故のことを尋ねた。彼は鮮明に覚えていて、あのときのことを詳しく説明してくれた。

橋の欄干に激突した私の体は、二メートルか三メートル跳ね上がって宙に舞い、道路の上にたたきつけられたのだそうだ。

「川に落ちたら死んどったで」

確かにそうだった。

農村舞台と農村歌舞伎

母校、山田中学校の隣は、天彦根神社の境内になっていて、下谷上農村舞台が鎮座している。農村舞台は、山田中学の生徒にとってごく身近な存在だった。

国指定重要有形民俗文化財・下谷上の舞台は、入母屋造茅葺平入、間口一二・一メートル、奥行八・一メートルある。棟札によれば、一八四〇年（天保十一年）の再建。一九七七年（昭和五十二年）に焼損したが、関係者の努力により修復された。心棒に差し込んである横木を打ち込むと盆が浮き、舞台面を棒や手で押して回す構造になっている。太夫座は上手にあり、上下二段となっていて、上段には浄瑠璃の太夫と三味線引きが、下段には囃子方が座る。

舞台機構として大仕掛けなのは、大迫りである。縦一・二メートル、横七・四メートル、高さ七六・五センチメートルの二重台を舞台面から天井裏まで、ロクロを回して吊り上げたり、おろしたりする。舞台下手につけられる花道の下は掘り下げられており、花道の一部が一八〇度回転し、裏側に取りつけてある反り橋が出現する。「花道における裏返し機構」と呼ばれ、規模の大きさ、機構の精巧さともに全国にも比類のない農村舞台である。

下谷上の舞台から山の麓に沿って歩き、しばらくして現れる集落の中に天満神社がある。上谷上の舞台は、神社の中に保存されてきた県指定重要有形民俗文化財だ。一八六三年（文久三年）の建立で、入母屋造茅葺平入、間口一一・四メートル、奥行七・四メートルある。舞台は割拝殿形式で、舞台下手寄りのところが切れて参道になっており、上演時には、床を板でふさいで舞台が出来上がり、演目が上演される。

淡河町にある北僧尾の舞台も、県指定重要有形民俗文化財だ。上手の鏡柱の墨書によると、一七七七年（安永六年）の建立とされる。時期的にみて、歌舞伎が農村に浸透し、農村における舞台建築が生み

下谷上農村舞台での歌舞伎上演（神戸市北区山田町）
（写真提供神戸市）

出された頃の舞台であると考えられている。舞台は寄棟造茅葺平入で、本殿に対面して建てられている。間口七・六メートル、奥行四・六メートルと、下谷上や上谷上の舞台に比べて、特に奥行きが狭く、これを補うため、舞台前面に幅一メートルの「バッタリ」という床面拡張装置が付けられる。

このほか、神戸市内には、西区の押部谷の顕宗仁賢神社の農村舞台が知られている。また、あいな里山公園には、北区の藍那下ノ町の舞台をモデルとして、二〇一〇年（平成二十二年）に新しい舞台が建てられた。（山田民俗文化保存会資料、名生昭雄『兵庫県の農村舞台』和泉書院、一九九六年）

農村舞台ではかつて歌舞伎が盛んに演じられた。農村へ歌舞伎が入ってきたのは、江戸時代の初めのこととされる。専業の芸人による芝居の観覧だけでなく、地元農民など素人による地芝居も行われ、農村集落の娯楽として楽しまれた。幕府はこれに対して再三禁止令を出したが、現実にはあまり厳しく取り締まったわけでもなかったとされる。農村歌舞伎は、江戸末期から明治にかけて最盛期を迎えるが、第二次世界大戦後は新しい大衆芸能が農村でも親しまれるようになり、急速に衰えた。私が山田中学に在学していた時期、一度だけ農村歌舞伎が演じられたことを覚えているが、農村舞台が使わることはほとんどなかったように思う。

平成に入ると、農村舞台での芸能を見直す動きも出てきた。その一つが、公益社団法人「全日本郷土芸能協会」が一九九〇年（平成二年）にスタートさせた「全国地芝居サミット」である。農村歌舞伎など地芝居の保存・上演を行う団体の連携と交流を目的とした企画である。私も下谷上の舞台で行われた「地芝居サミット」にお邪魔したことがある。上演されたのは、まず『白波五人男』。体験教室による練習を終了したみなさんが熱演するたいへん楽しい舞台で、やんやの喝采だった。そして、「箱登羅たから歌舞伎」のみなさんによる『恋飛脚大和往来「新口村の場」』。地元の小学生、中学生、高校生のみなさんがふだんから熱心に稽古を重ねてこられたことがわかる、完成度の高い舞台だった。（山田民俗文化保存会資料、ブリタニカ国際大百科事典）

蘇った「淡河宿本陣跡」

北区淡河町は、町内を東西に流れる淡河川に沿って田畑が広がり、道路沿いに集落が発達する美しい里である。一五七九年（天正七年）、豊臣（羽柴）秀吉は、淡河城主・有馬則頼に淡河を宿場町として整備するよう命じ、則頼から町の支配を任された本陣当主・村上喜兵衛が街並みを整備し、宿場として発展した。

　この淡河町に、「淡河宿本陣跡」が残されている。「本陣」とは、江戸時代の街道宿駅において、参勤交代の大名や貴人が休泊した大旅館を指す。淡河の本陣は、江戸時代の中期に建てら

「湯乃山街道淡河宿本陣跡」の碑
（写真提供神戸市）

れたとされており、規模は大きく、多くの座敷や板敷・土間のほか、厳かな門構えや広い玄関、書院造りの上段の間、泉水付きの庭園を備えている。明治維新によって幕藩領主の保護が消滅し、さらに一八七〇年（明治三年）の本陣名目の廃止によりその歴史に幕を下ろした。

本陣跡は、江戸中期に建てられた平屋の西座敷と、一九一二年（明治四十五年）築の二階建て部分からなる主屋を中心に、二棟の土蔵、茶室、納屋など複数の建物で構成されている。歴史的な建物だが、半世紀以上もの間利用されず、老朽化が進んでいた。

この「淡河宿本陣跡」を再生させようと立ち上がったのが、地元淡河町のみなさんだった。「一般財団法人淡河宿本陣跡保存会」が組織され、土地、建物を譲り受け、再生のための取り組みがスタートした。長い空白の時代を経た「本陣跡」の再生には多くの困難があったと思われるが、淡河を愛するみなさんはそれらを乗り越えるべく、所有者を探索し、粘り強く交渉し、保全・活用の道を探る活動を続けた。神戸市も兵庫県と相談し、改修工事への助成を行うなど支援を行った。私も、再生への過程で何度か訪れ、お話も聞かせていただいた。

二〇一七年（平成二十九年）、とうとう改修工事が完成し、五月二十八日、お披露目会が開催され、私も出席させていただいた。当日は、保存会の代表理事、村上隆行さんから、これまでの経過について報告があった。スクリーンには、長年放置されていたときの画像も映し出されたが、建物の中は荒れ果て、障子もすべてボロボロに破れ、まさに廃屋と言うべき惨状だった。保存会が設立された翌年から、「お掃除ワークショップ」と銘打たれたイベントが開催されるようになった。地元の中学生も荒れ果てた建物の掃除や後片付けに加わり、作業に汗を流す様子も映し出されていた。淡河のみなさんがこの貴重な文化遺産の再生のために知恵を出し合い、ふるさとへの想いが地域外にも伝わって、支援も得ながら再生に至った過程を知ることができ、本当に感動した。村上さんの報告に続いて、淡河町の若手のみなさんや、域外から淡

改修され蘇った「淡河宿本陣跡」

河に移り住んだ若手を含めた地域のみなさんが、日ごろの活動や農業、移住、地域に対する想いが披露され、私自身とても元気をいただくことができた。

蘇った「淡河宿本陣跡」に、その後もときどきお邪魔している。荒れ果てていた庭も風情溢れる雰囲気に整備され、夜は美しくライトアップされている。「淡河宿本陣跡」は、豊かな歴史を今に伝えるとともに、未来への希望を紡ぐ場所として、時を刻んでいくことだろう。

真昼のフクロウは教室を横切る。

私は、一九六四年（昭和三十九年）、小学五年生のとき、湊川の川池小学校から鈴蘭台の小部小学校に転校した。小部小学校は一八七四年（明治七年）に創立された、由緒ある小学校だ。正直、川池小学校と小部小学校とでは、校風はぜんぜん違っていた。同じ兵庫区（当時は、まだ北区はなく、鈴蘭台は兵庫区だった。）でも、こんなに違うのかと思うほど、学校の雰囲気は違っていた。川池小学校では、休み時間が終わると、ベルが鳴り、ベルが鳴っている間、その場で立ち止まり、動くことは許されなかったが、小部小学校では、そのような厳しい規則はなかった。ゆるやかにチャイムが奏でられ、その音は山々にこだましていった。

小部小学校に在学したのは、一年半足らずだったが、当時の六年二組の子供のほとんどは箕谷の山田中学校に進んだので、私にとっては、小部小学校、山田中学校の四年半は、一体となった、懐かしい想い出になっている。当時、鈴蘭台は山田中学校の校区で、神戸電鉄に乗って箕谷まで通学した。山田中学校は、今でもそうだが、丹生山系の山の麓にあり、学校のすぐ裏には用水があって、きれいな水がいつも流れていた。学校の前には田圃が広がり、秋、音楽の授業の時、短大を出たばかりの若い女性の先生が「きょうは、教室ではなく、田圃に出て、みんなで歌を歌いましょう」と言って、田圃に出て、みんな車座になって座り、ピアノの伴奏もないまま、いっしょに歌を歌った。周りには里山の自然があふれていた。

木造校舎の二階の教室で、授業を受けていたときのことだ。窓際に座っていた私は、校舎近くのポプラの葉陰に、何かがいるのに気づいた。よく見ると、それは、枝に止まっているフクロウだった。フクロウを見るのは初めてだったので、授業には身が入らず、フクロウの方ばかりを見ていた。

フクロウは、ときどき目をつぶり、じっと前を見ているようでもあり、私の方を見ているようでもあった。次の日も、そして、その次の日も、フクロウは、同じ枝にじっと止まっていた。私は、フクロウが来てくれるのがとてもうれしく、このことは誰にも話さなかった。

どうして、あんなことが起きたのかは、今でもよくわからない。誰かが、フクロウに気づいて、下から石でも投げたのか、それとも、フクロウと私の目が合った瞬間だったのか、突然、不思議な音がして、大きな物体が教室を横切り、反対の窓から消えていったのだ。

一瞬の出来事だった。

もちろん教室はどよめいたが、ほとんどの同級生は、何が起きたのか、わからなかったと思う。大学を出たばかりの若い女性の先生が社会の授業をしていて、板書をしていたが、「どないしたんや」と後ろを振り返っただけだった。でも、私には、はっきりと見えたのだ。羽を大きく動かしながら、自分のすぐ目の前を飛んでいくフクロウの姿が。

私はあれ以来、野生のフクロウを見たことがない。古木が稀少になっている中、生きて行くのはたいへんかもしれないが、六甲山系や丹生山系のどこかで、ひっそりと棲息していてほしいと願っている。

「ひょうたん池物語」の世界

一九六〇年代、鈴蘭台周辺のあちこちに池があり、フナを釣ったり、泳いだりした。私は東京にいたとき、ひとり居酒屋のカウンターで冷や酒を煽りながら、よくあの頃のことを想い出していた。そんな密かな楽しみを繰り返しているうちに、よくフナを釣った池とそこにいた動物たちにまつわるストーリーが自然に頭の中に出来上がっていった。

二〇一六年（平成二十八年）に出版した、『ひょうたん池物語』（神戸新聞総合出版センター）は、居酒屋で妄想したストーリーを下敷きにして書き上げたファンタジーだ。絵は、有村 綾さんにお願いした。

物語は、次のように始まる。

少し昔のこと。港のある大きな街からほど近いところに、のどかな里山が広がっていた。里山には、なだらかな山や丘に抱きかかえられるように、たくさんの池があった。それらの中のひとつの池「ひょうたん池」がこの物語の舞台だ。とても美しい山中の池である。

水は澄んでいて、それはそれはきれいな池でした。水面は木漏れ日を受けてキラキラと輝き、ときどき魚が跳ねると波紋を作ります。まわりをぐるりと取り囲む雑木林には、夏になるとカブトムシやクワガタが集まり、秋になると葉っぱが鮮やかに色づき…。季節によって様々な姿を見せるのでした。

新開地界隈から鈴蘭台に引っ越したばかりのころ、私はしばらく川池小学校に神戸電鉄で通っていた。理科の授業で水の濁りについて勉強することになり、担任の先生が、井戸の水、川の水、池の水を汲んできて持ってくる子供を募ったことがあった。どこの水が濁っていて、どこの水が澄んでいるのか、確かめるためだ。私は引っ越したばかりだったが、放課後や休みの日など、田圃や山の中を歩き回っていたので、家や学校の周囲のどこにどんな池があるのか、かなり頭に入っていた。それらの池の中でも、とくにお気に入りの池があった。そこで、「ぼくは池の水を汲んできます」と、先生に申し出て、よく遊びに行っていた池の水を汲み、どんな容器に入れたのかは忘れたが、いつものように神戸電鉄に乗り、学校まで運んだ。

授業では、三種類の水をそれぞれフラスコに入れ、下に字が書かれた紙を敷いて濁り具合を確かめたように記憶している。理科の教科書には、一番澄んでいるのは川の水、次に澄んでいるのが井戸の水、そして、一番濁っているのが池の水、という説明が、写真とともに載っていた。

ところが、実際には、一番字がはっきり見えたのは、つまり一番澄んでいたのは、私が汲んできた池の水だったのだ。

先生が、教科書との違いをどのように説明したのかは、忘れてしまった。ただ、とても嬉しかったことをよく覚えている。自分が汲んできた池の水が、いちばん澄んだ、きれいな水であったことが。

そしてとても誇らしかったのだ。あんな綺麗な池が家の近くにあり、そこで遊んでいられることが。その池の水は澄んでいて、水底がよく見え、ドンコと呼ばれていた灰色の魚がじっとしていて、メダカの群れが泳ぎ、たまには大きな亀が私に驚いて水底に向かって逃げていく——そんな光景に出会えることが。

鈴蘭台の冬は、新開地界隈よりも寒く、当時は今よりもおそらくは気温が下がったのだろう、池には一面、氷が張った。冬も友だちと池に遊びに行っては、石ころを投げて遊んだ。氷が割れることもあったが、厚く氷が張ったときは、石ころは気持ちよさそうに氷の上を滑って向こう岸まで飛んで行った。あのときの光景は、『ひょうたん池物語』の中に忠実に再現している。

春夏秋冬、里山の中でよく遊んだ。そして、たくさんの動物たちに出会った。それらの多くを、『ひょうたん池物語』に登場させている。主な登場生き物は、ドンコ（どん太）、カワバタモロコ（モロコさん）、スズメ（ちゅんこ）、フナ（ふなじい）、カラスヘビ（からきち）、マムシ、イシガメ、ドジョウだ。このほか、ホトトギス、フクロウ、カッコウなどの鳥たち、イモリ、リス、ネズミなどの動物、カブトムシ、クワガタ、タガメなどの昆虫も登場する。

ヘビは、田圃の畔や池の堤、山道のほか、住宅地の石垣などでもよく見かけた。種類の区別が正確についていたわけではないが、アオダイショウが多かったように思う。マムシを見たのは三回くらいで、そんなに多くはなかった。毒蛇のヤマカガシは、たぶん遭遇していたとは思うが、わからなかったのかもしれない。

『ひょうたん池物語』には登場しないが、中学、高校時代、よく相手にしていたのは、蛾たちだった。夜に活動する蛾には、蝶にはない神秘的な魅力があった。六甲山にも捕りに行ったことがあるが、人が多すぎたのか、あまり蛾は姿を見せなかった。当時の宍粟郡の波賀町の民宿に逗留したときには、大きな蛾が街灯にバタバタと来ていて、たぶんヤママユではないかと思われたが、高い所を飛んでいて、採集することはできなかった。

たまに遠出をすることはあったが、夏休みなどよく出没していたのは、近くの雑木林だった。樹液が出て、カブトムシやクワガタなどが集まる木の幹にいろいろな種類の蛾が集まってきていた。

家の近くの大歳神社の境内を通り抜け、雑木林に入る。懐中電灯で足元を照らしながら進むのだが、懐中電灯めがけて、小さな蛾や羽虫が集まってくる。樹液の場所に近づくと、スズメバチが驚いて突進してくることもあった。

高校一年生のときだっただろうか、ある晩、いつものように、樹液が出る木の幹を照らすと、そこには、体長が十五センチは優にある、大きなムカデがいた。何匹かの蛾が近くに留まっていたり、あたりを飛んでいたのだが、大きなムカデがやはり恐ろしく、昆虫網が当たったりして刺激すると、襲撃されそうな気がして、あきらめて引き返すことにした。

家に帰って母にその模様を話すと、母は、「ムカデ一匹におじけづいて帰ってきたんか！それでも男か！」と、いきなり私を怒鳴りつけた。そして、部屋を出ていくと、「ついてくるんや！」と、私を従わせ、神社の方向に歩き出したのだ。

夜の雑木林を、左手の懐中電灯で獣道を照らしだし、右手に注射器を持って、針を前方に突き出しながら進んでいく母の姿は、鬼女以外の何者でもなかった。さっきの場所に到着すると、鬼女におそれをなしたのか、ムカデの姿はなく、私は、母の助けを借りながら、フクラスズメなど、何種類かの蛾を採集することができた。

それにしても、夜の雑木林は、さまざまな虫の声や、どんなものが発しているのかわからない不思議な声たちで満ちあふれ、それは幻想的だったことを想い起こす。

ぼくは、ひとだまを見た。

里山は確かに幻想的な世界だった。そして、里山の幻想性を代表する事象が、ひとだまだろう。

あれは、確か、鈴蘭台に引っ越したばかりの、一九六四年（昭和三十九年）頃のことだったと思う。鈴蘭台から有馬街道の二軒茶屋に向かう県道があり、夜、その県道を少しはずれた里道を、両親、弟と四人で散歩していた。

静かな晩だった。周りには田圃が広がり、畦では蛍がひっそりと光を放ち、あたりには蛙の声が響いていた。田圃の向こうには、神戸電鉄三田線との間に、なだらかな雑木林があった。

風がほとんどない、夏の夜だったと記憶している。ふと、雑木林の方に目をやると、オレンジ色の火の玉が見えたのだ。火の玉は、雑木林の麓から昇って行っているようだった。三つか、四つだったと思う。ゆらゆらと揺れるように、ゆっくりと、雑木林を背にして昇っていき、そして、消えていった。

とても神秘的な光景だった。私は、とても驚き、呆然とした。何か、信じられないことが起きたように感じた。

私は、興奮して、「あれ、見て！　ひとだまや、ひとだま！　まだ昇ってる、昇って行ってる！」と叫んだのだったが、両親と弟は、割に冷静で、

「そやな」「ひとだまやな」

「なんかのガスが燃えとんやろな」

と、冷静そのものだった。私は一瞬、ひとだまから両親と弟に何か霊のようなものが乗り移り、異星人になってしまったのかと恐怖すら感じた。

あれから、半世紀近い歳月が流れ、毎日新聞の夕刊、「私だけのふるさと」シリーズに、作家の江上剛さんの追憶が掲載されていた（毎日新聞二〇一二年四月二六日夕刊）。江上さんは私と同じ一九五四年（昭和二十九年）生まれ。ふるさとは、兵庫県山南町（現在の丹波市）とのことだった。

タイトルは、「白いひとだま　生も死も身近に」

江上さんが生まれ育ったのは、わらぶき屋根の農家がぽつぽつ建っている六十軒くらいの集落だったという。江上さんは回想する。

「夏の夜、何人かで縁側に座って夕涼みをしていた時のこと。杉の木の間に見えるわらぶき屋根の上に、ぽんと火の玉があがったんです。白くて丸い光がぽわっと浮かんだのを全員が見て、「あっ」と声が出て」

誰かが「あそこのおばあちゃん、しんだんやなあ」とつぶやいたそうだが、次の日に聞くと、本当にその家のおばあちゃんが亡くなっていた、と江上さんは回想している。なかなか信じられないことかもしれない。しかし、この世には、理屈で説明できないことがあることも事実だ。私も、オレンジ色の火の玉がゆっくりと昇っていくのを見たとき、人の生死に関わる何かが起きているような気がして、不思議な感覚に襲われたのだった。この江上さんの追想は、『ひょうたん池物語』の中でも使わせていただいた。

困った動物たちと向き合う。

湊川公園西口の交差点に、「人工衛星饅頭」がある。物心ついたときから、今の場所にある。昔、その並びにお肉屋さんがあって、イノシシがときどきキバのついたまま置かれていた。小学生の私は、イノシシはお肉屋さんの前で転がっているものだと思っていたが、その後、イノシシが神戸の山に生息していることを知った。

イノシシは残念ながら、悪いほうに進化しているようだ。だいぶ前のことだが、新聞に、市内の某所でゴミをあさるイノシシを写した写真が掲載されていた。正直、見たくないものを見せられた、というのが第一印象だった。イノシシは、古来、野山を駆け巡り、自然の恵みを糧にして長い年月を生き抜いてきた。そのイノシシが人間のごみをあさるようになるとは……。

彼らをこんな風にしてしまったのは、間違いなく人間だ。おそらくは、単にかわいらしいから、という単純な動機から餌を与えるようになったのがきっかけだろう。餌にありつく味を覚えたイノシシは、次は、ゴミステーションに出没し、ゴミをあさるようになる。一部の人たちの心ない行為が、野生動物の行動も狂わせ、市民の安全を脅かしているのだ。イノシシによる被害を早く食い止めるためには、イノシシへのエサやりを止めなければならない。

神戸市では、条例の改正を行うこととし、規制区域内で勧告に従わない悪質なケースについては、「勧告に従うよう命ずる」ことや、「命令に従わなかったときはその内容を公表する」措置を追加するなど、対策を強化することにした。いくらお願いしたり、注意したりしても聞き入れてくれない一部の方々がいる以上、毅然とした対応をする必要がある。

イノシシ対策は、市街地では山から下りてくるイノシシが人に危害を加えないようにすることが大事だが、西区や北区の里山や農村集落では、農産物への食害を防ぐことも重要になる。さまざまな情報を突き合わせると、イノシシによる被害が目立ってきたのは、ここ十年くらいのようだ。イネや野菜、果物などが幅広く被害を受けている。イノシシというと山の中に生息しているというイメージがあるが、西区では、集落のすぐそばの林の中で繁殖している箇所もある。ポンプ池と呼ばれる池の近くの山林を住処にしているという話を聞き、出かけてみたことがあるが、イノシシは、池のそばにある林に棲みついているようで、近くの畑は柵で囲まれていた。有害鳥獣による被害は、被害額がかなりの額にのぼっているということのほかに、丹精込めてつくった農作物が、ある日、見るも無残に荒らされて目茶目茶になるという、精神的なショックも大きいと感じる。

近年、神戸市内にも入り込んできている困った動物、それが鹿だ。鹿の目撃情報は増加している。市街地に近い藍那でも目撃されているし、国営明石海峡公園内では数年前から繁殖している。

六甲山系の中に鹿が入り込み、繁殖すると、手がつけられなくなることは確実だ。神奈川県の丹沢山地では、鹿が植物を食い荒らし、山腹崩壊をもたらしたり、ヤマビルをまき散らし、人間にも吸血危害が及んだりしているが、六甲山系でも、そのような事態が起きかねず、そうならないうちに、駆除しなければならない。

しかし、鹿のように可愛い動物を殺すことについては、感情的な反発が出る恐れもある。イノシシの場合でも、駆除することについては、抗議が寄せられることが多い。愛らしい動物を殺す悲しみと向き合うことを考えるとき、想い起こすのは、小学生の時に呼んだローリングスの『子鹿物語』だ。

舞台は、フロリダ半島、山の中の開拓地。

ある日、主人公の父親が森の中でガラガラ蛇に咬まれ、応急手当のために鹿を撃ち、肝臓を取り出して毒を吸い出す。鹿のそばには、生まれたばかりの子鹿がいた。主人公の少年は、子鹿を育て始め、子鹿と仲良く遊びながら、内向的な性格を克服していった。

しかし、子鹿は大きくなるにつれ、野生の本性を顕し始め、畑の作物を食い荒らすようになる。森の中の開拓地に生きる一家にとり、これは死活問題だった。森に捨てに行っても、子鹿はそのたびに戻ってきて、畑を荒らす。さまざまな葛藤の末、子鹿は結局、射殺されることになるが、深く傷ついた少年は、家出してしまう。物語は、少年が悲しみを克服し、両親の元に戻るところで終わる。鹿の急増の報に接するとき、『子鹿物語』に涙した子供の頃を想い出す。

鹿のように愛らしい動物を有害鳥獣として捕獲・駆除しようとすると、「可哀そう」「動物愛護に反する」「子供の教育上よくない」といった批判が繰り返される。台風で暴風雨が吹き荒れてウリ坊が河川敷に取り残されたとき、東灘区や灘区のまちづくり課には、「なぜウリ坊を助けないのか！」「役所は何をやっているんだ」という電話がかかってくるという。人間である職員とウリ坊のどちらが大事なのかという気がするが、このような批判を少しでも和らげていくためには、日本人は昔からイノシシやシカとともに生きてきたのであり、その命をいただいて暮らしてきたという営みを改めて知っていただく努力が求められるのかもしれない。そのひとつが、イノシシやシカの料理を広げていくことである。

以前、西区の山中で兵庫県猟友会神戸西支部のみなさんと、有害鳥獣対策について懇談する機会があり、そのとき供されたのは、イノシシとシカの肉を使った料理だった。イノシシ肉の焼き肉、ボタン鍋、シカ肉の燻製などが出されたが、どれもたいへんおいしかった。

季節は真夏。今まで、「イノシシ肉は冬に楽しむもので、夏は臭くて食べられない」とさんざん聞かされてきたが、この日いただいたイノシシ肉は、臭みはまったくなかった。ボタン鍋も、あっさりしていて、味噌仕立ての汁には深い味が出ていた。捕獲後の処理、料理方法が見事であったことも大きいと思うが、「夏のイノシシも食用にできる」ことを、身を以て感じることができた。

一方、おそらくは煮ても焼いても食えないのが、アライグマだろう。アライグマは、北アメリカ原産の動物。一九七〇年代に、当時放映されていたテレビアニメの影響などから、ペットとしてアメリカから大量に輸入され、販売された。しかし、愛くるしい幼獣が成獣になると、凶暴になって飼いきれなくなり、野外に捨てられるようになった。全国で、農業被害や人家での被害が相次いでいる。また、狂犬病など人への感染症を媒介する可能性も指摘されている。

神戸市では、鳥獣相談ダイヤルを開設しており、動物の種類別の相談件数は、アライグマがトップになっている。相談を受けた神戸市では、事業者に委託し、箱わなを設置して捕獲する。アライグマは力がとても強く、箱わなは壊されないよう頑丈につくられている。

全国的にもアライグマの捕獲数は年々増加しており、各自治体は対策に追われているが、神戸市のように市民の鳥獣相談ダイヤルへの通報から捕獲事業者への捕獲依頼といったワンストップサービスの体制を構築している都市はあまりないのではないかと思われる。この結果、神戸市の平成三十年度のアライグマの捕獲頭数は、一七〇三頭（市街地五一六頭、北・西区一一八七頭）と、インターネットで確認できる限り、ほかの大都市を大きく引き離す。

アライグマが野生化し、被害を及ぼすようになったのは、アライグマを安易に輸入・販売し、無責任に捨てたり、不充分な管理により逃亡させたりする人間の責任だ。ある意味、アライグマも人間の得手勝手な行動の被害者であるとも言え、このようなことがほかの動物で起きることがないようにしなければならない。

V

神戸で魚を食する。

神戸と言えば、神戸ビーフと思っておられる方は多い。海外では神戸という街は、神戸ビーフで知られている。海外の都市で企業誘致などのプレゼンをするとき、神戸ビーフの写真を見せると、必ず何とも言えないどよめきが広がる。

肉が神戸を代表する食であることは間違いないが、魚もなかなかすごいといつも思う。神戸の須磨、垂水から淡路島に至る海域は、たくさんの種類の美味しい魚介類が獲れる場所だ。蛸、鯛、鱧、穴子、鮃、メバル、ワタリガニ、何種類かの海老、烏賊などなど。

周囲を海に囲まれた我が国は、沿岸部のどこでも海の幸に恵まれている。それぞれの地域で美味しい魚介類がたくさん獲れる。世界中からマグロを買い集めるのも悪くはないが、すぐ近くで獲れる地物の魚介類をもっと味わいたいといつも思う。

金沢に居たときは、甘海老とバイガイをよくいただいた。昔のこととしてお許しをいただきたいが、冬になると、能登半島の町や村の役場から県庁に大きな寒鰤が届き、女性職員が洗い場で切り分けて、職員が持ち帰っていた。

青森に居たときは、ソイ、マダラがことのほか美味しかった。家内は今でもマダラの「じゃっぱ汁」をときどきつくってくれる。黄金週間に訪れる花見の季節には、陸奥湾で獲れる小ぶりのトゲクリガニが酒のアテになった。毛ガニの雌は禁漁だが、この蟹は雌も捕ることができ、とても美味であった。もっとも、いま話題の大間のマグロはお目にかかったことはない。

札幌に居たときは、タラバガニ、毛ガニ、ズワイガニ、花咲ガニを安く食することができた。ゴッコ、八角といった北海道特産の魚も美味しかったが、今でも記憶に残っているのが、近海で獲れるニシンだ。かつて北海道では大量のニシンが獲れたが、今から半世紀ほど前にぱったりとやってこなくなり、かつての北海道のニシン漁は姿を消した。しかしおそらくは異なる種類のニシンが、少量だが近海で獲れ、春先にホクレンなどのスーパーの店先に並ぶ。冷凍されていない生ニシンの塩焼きは、札幌時代に食した魚の中でも最高だった。

自慢するほどのことでもないが、全国各地で、美味しい魚に巡り合ってきた。そのような中にあって、やはり神戸で食べる魚は格別だと思う。たとえば、鯛は日本中で獲れるが、神戸で出される鯛はやはり美味しい。札幌や青森で出された鯛は淡白だったが、瀬戸内の鯛は独特の甘みがあるように感じるのは、気のせいだろうか。

日本近海にはかなりの種類の烏賊がいて、食用になるものも多い。札幌、青森のときはもっぱらスルメイカだった。さまざまな料理方法があり、家内は青森で覚えたやり方で塩辛をつくってくれたりする。確かに美味しいのだが、刺身にして食べると少し硬い。神戸でよく出されるハリイカ、剣先イカ、アオリイカの方がそれぞれに味が深い。淡路で獲れたハリイカを七輪で焼いて酒のアテにしたが、素朴な味わいで美味しかった。

神戸近海では、デパ地下ではあまり並ばないようないろいろな魚も獲れる。垂水近海ではキジハタが揚がるが、何とも豪快で美しく、美味しい魚だ。高級魚として珍重される。淡路産のマルアジもすごい。深い味わいの鯵だ。

蝦蛄は子供のころにはザルに山盛りあった。大振りでプリプリの触感は今でも覚えているが、すっかり幻の味になってしまった。青森では「ガサエビ」と呼ばれていた。なかなか難しいだろうが、復活を期待したい。

いっぱいいるらしいが、なかなかお目にかからない魚がベラだ。熱帯魚みたいに綺麗な色をしているから嫌われるのだろう。もっと注目されても良い魚ではないだろうか。少し前に、市場のお魚屋さんの水槽に泳いでいて、なんと五匹で五〇〇円だった。ものすごく申し訳ない気がした。さっそく夜に、塩焼きにしていただいたが、淡白で上品な味わいだった。どうしてもっと出回らないのだろう。

穴子はあちこちで獲れるが、本場はやはり神戸近辺や淡路だろう。子供の頃、新開地の近くに八竹というお寿司屋さんがあって、子供は食べさせてもらえなかったが、穴子の寿司が抜群に美味しいと周りの大人がはしゃいでいたのを想い出す。穴子の稚魚「のれそれ」のことは、大人になってずいぶん経ってから知った。元町駅前の階段を上がった割烹店「いよ」で、さっと、しゃぶしゃぶにしていただいたが、これがまたとても美味しかった。

神戸に帰ってきて、今まで知らなかった魚にもお目にかかっている。阪急六甲が最寄り駅の、お魚屋さんが経営されている「魚とし」で、明石で獲れたというタモリを勧められ、蒸していただいた。淡路で揚がったというマナガツオも脂が乗っていて素晴らしかった。

神戸近海で獲れた魚は、すぐに市場から商店街などの魚屋さんに届けられる。東山商店街、垂水商店街、水道筋の市場などには、近海で獲れた魚や貝、海老、烏賊、蟹を水槽などに入れて生きたまま売っているお店も多い。神戸近海では、このように近海の魚介類が豊富に獲れ、市民の食卓に出回る。

神戸は、食に恵まれた街だ。魚のほかに、淡路や丹波の地鶏もある。そして、市内の西区、北区ではさまざまな種類の野菜、果物が穫れる。灘の酒のほか、神戸産の食材を使ったスイーツも神戸の大きな魅力だ。そして神戸では、戦前から、地元の食材を活かし、和食のみならず中華料理、フレンチ、イタリアンなどさまざまな国・地域の料理が育まれてきた。母校、灘高の先輩、故中島らも氏は、『僕に踏まれた町と僕が踏まれた町』(朝日文芸文庫、一九九四年)の中でこう叫ぶ。「大阪の中華料理はまずい。というよりは神戸のそれがうますぎるのだ」と。

ただ、現状に安住しているわけにもいかない。神戸の食の魅力を十分発信できているのだろうか。少し前のことになるが、神戸ルミナリエ点灯式に出席されたジョルジョ・ストラーチェ駐日イタリア大使から、イタリア大使館が発行しているイタリア料理レストランのカタログをいただいたことがある。日本各地のイタリアンのお店が、それぞれの自慢料理とともにきれいな写真付きで紹介されていた。全部で一四〇軒がセレクトされていたのだが、神戸のイタリア料理レストランはわずか三軒しかなかった。ちなみに、東京二三区が三五軒、大阪市内が一六軒とほかの都市を引き離している。富山市内が六軒、小田原市内が四軒と神戸よりも多い。別に気にすることはないのかもしれないが、神戸には地元食材を上手に使ったイタリアンのお店がたくさんあるのに、少々寂しい気がした。

神戸では、奥行きの深い、多様な食文化が育まれてきた。豊かな地元食材に恵まれ、一流のシェフなど優れた人材もおられる。間違いなく、世界の中でも有数の「食都」になる可能性を有していると思う。「食都神戸」の取り組みを、たくさんの方々の参画を得て、加速させていきたい。魅力のあるお店に関する情報発信を強化し、このことが来街者の増加につながり、お店を訪れるお客が増え、さらに素敵なお店が神戸に集積していくという好循環をつくっていければと思う。

神戸のお好み焼き

お好み焼きで一杯やるのは、楽しい時間だ。食事というよりも酒のアテにするので、具だくさんで注文する。大貝と蛸、大貝と海老、蛸と海老、蛸と烏賊、ときには、大貝、蛸、海老、と、三種類の具を入れてもらうこともある。

どのお店のメニューにもある「ミックス」を注文しないのは、ミックスを頼むと豚肉が入るからだ。豚肉が嫌い、というわけでもないのだが、豚肉が入ると、海のものだけの場合と比べて、味が微妙に変化してしまうような気がする。もっともお好み焼き屋さんによっては、ミックスの豚肉、あるいは牛肉を、客の注文に応じて、蛸などの別の具に代えてくれることもある。お好み焼きは、客の好みに応じて自由自在に味わえるところにも魅力がある。ちなみに一番好きな組み合わせは、大貝と蛸入りのお好み焼きだ。余談ながら、マヨネーズは塗らない。

神戸は、間違いなく、全国の都市の中でも美味しいお好み焼きが食べられる街のひとつだと思う。子供の頃、新開地から東西に入る路地、湊川商店街の中や周りには、お好み焼きのお店がたくさんあった。幼稚園児の頃から祖母に連れられて行っていた『あたりや』に、震災の後にお邪魔したら健在でうれしかった。もう不惑も越えていたのに、「おにいちゃん」と呼ばれて恥ずかしかったが。

お好み焼きは、間違いなく神戸の食文化の大事な一翼を担ってきた。ところが、そのお好み焼き店が減ってきているという。少し前に神戸新聞の夕刊一面に乗っていた記事の見出しは、「「粉もん」お店　関西で激減」「後継者不足　広島と僅差」だった（二〇一八年一〇月一七日の記事）。大阪、兵庫でお好み焼きやたこ焼きのお店が激減し、ほぼ横ばいの広島と軒数で変わらなくなっているという。お店が減っている理由は、ご多分に漏れず、後継者不足。店主のみなさんの多くが高齢者で、後継者がなかなか見つからないらしい。私もときどき行く和田岬のお好み焼き店「高砂」が写真入りで掲載されていたが、このお店の女将さんが九十歳で頑張っておられることを初めて知った。

この状況を何とかしていこうと、新しい動きも始まっている。お好み焼き店など粉もんのお店を開こうとする人たちを支援する取り組みだ。その例が、さきほどの神戸新聞の記事でも紹介されていたが、㈱オリバーソース本社内で開かれているお好み焼きの講座である。この講座を開催しているのが「若竹学園」だ。若竹学園は、一九六七年（昭和四十二年）、大阪市旭区にあったお好み焼き店「若竹」内で開校した。大阪の吹田市に学園の研修センターがあったが、二〇一八年（平成三十年）二月、ポートアイランドのオリバーソース本社内に移転した。

講座のひとつが「お好み焼き短期集中プログラム」。原則三日間の講座で、一日目は、鉄板・道具類の揃え方の講義を受け、豚玉・いか玉の実習をする。二日目は、売上分析の講義を受け、モダン焼き、ネギ焼き、すじコンの実習。三日目は、ソースについての講義を受け、オムそば、塩焼きそばなどの実習がある。四日目は、オプションになっていて、豚平焼き、すじオムレツ、野菜炒め、鉄板だし巻き卵など一品料理の実習となっている。確かに、酒のアテになるこれらの料理は、お好み焼き店のメニューとして欠かせない。

神戸の伝統あるお好み焼き文化を、守り、育てていきたい。

居酒屋は街の賑わい

ドイツ文学者の池内紀さんとは、家内が親しくさせていただいている。とても酒を愛しておられ、酒の席では、穏やかな語り口の中に鋭い批評眼を見せ、ユーモアの中に真実を語る方だそうだ。

『今夜もひとり居酒屋』（中公新書、二〇一一年）の中で池内さんが語られる居酒屋の世界は、何と奥行きが深いことだろう。ある意味で良質の哲学書だとも言える。人間の感情の襞や身の処し方、あるいは人生そのものが語られる。池内さんは、居酒屋という一見、閉じられた空間の中に現出する光景から、「居酒屋人種」の生態を注意深く観察する。

しかし、同じ観察者であっても、池内さんは、永井荷風とは違う。永井荷風は、東京の路地を歩き回ったが、冷徹な観察者に徹し、心を許した人間を除き、見知らぬ市井の人々と交わろうとはしなかった。池内さんは、居酒屋のカウンターにひとり座り、亭主や女将との、あるいは相席の客との、さりげない会話を楽しむ。そんな掛け合いの中から、本書は生まれたのだろう。池内さんは、温かいまなざしを、居酒屋に、そして「居酒屋人種」に注ぐ。そして「居酒屋人種」に、こうエールを送るのだ。

居酒屋人種はみな、しっかりした自分の考えを持っている。出来合の意見や、借り物の見方を口にしても、それはその場の必要に応じたまでであって、口ではどうあれ腹の底はお愛想にすら同意していない。……この世で暮らしていくにはたくさんの知恵がいるのだ。それは体験のつみかさねから生まれ、くり返し修正され、いつしか身についた知恵であって、だから大半が瞬間の勘として発揮され、よほど注意していないと見落としてしまうだろう。

私は、しっかりした自分の考えを持っているかどうか自信はないが、間違いなく「居酒屋人種」である。子供の頃、周りには居酒屋がいっぱいあった。居酒屋に行くようになったのは、東京に行き、大学に入ってからのことだが、何十年も、自分なりのやり方で居酒屋に出入りしてきた。仲間と酒を飲むのは好きだが、ひとりで居酒屋に行くことも多かった。それは、また違った、かけがえのない時間であった。居酒屋では、大将や女将と話したり、相席の人と世間話をしたりするのも楽しかったが、ひとり、過去に帰ることができるひとときでもあった。そして、そのようなときに繰り返し浮かんできたのが、生まれ育った神戸の光景だった。過去の記憶というものは美しく潤色されがちで、そうならないよう意思の力を働かせ、できるだけ正確に記憶を蘇らせようと試み、そのような努力はかなり成功したとは思うが、それもむなしく、立ち現れてくる記憶は、否が応でも官能性のようなものをまとうのだった。

もちろん、居酒屋の楽しみ方も時代とともに変わっていく。ある日の日曜日の日経新聞(二〇一六年六月五日)に「居酒屋の灯に時代が映る」という見出しを見つけた。大島三緒論説副委員長による「中外時評」のコラムである。

大島さんによれば、昭和の頃、酒を飲むと大騒ぎするのが普通で、ひとり酒にはうら寂しい雰囲気がつきまとっていたという。「高倉健さんの代表作『駅 STATION』では、健さんが倍賞千恵子さんの店でコップ酒をあおり、そこに『舟唄』が流れるのである」。

そういう飲み方は、確かにすっかり変わった。「『ひとり』を楽しみつつ必要なときは集まり、またさっと離れる」。その背景には、「集団主義、横並び主義を旨としてきた近代日本社会の転換」があると、大島さんは言う。

最近は、「ひとりなら、自分のペースで、そのときの懐具合に合わせて酒を楽しめる」ようで、外食チェーンの「ちょい飲み」、仕事を適当に切り上げて一杯やる「四時飲み」などがあるそうだ。若いころから、ほとんど飲むスタイルを変えていない私にとっては、新鮮な驚きだった。

飲み方がどのように変化するにせよ、この時評が最後に指摘しているように、「居酒屋は人を街に滞留」させる。神戸に限らず、日本の都市は、昭和の頃に比べ、人口は増えているのに、街の賑わいが減っているのはなぜか。その大きな原因としては、人々が自分の部屋に閉じこもり、街に出てこなくなったことが挙げられる。「いかにして賑わいを創り出すのか」を考える際に、居酒屋の存在は大事ではないだろうか。味のあるいい居酒屋を見つけ、ごひいきにする人が増えてほしいと願う。自治体としては、いい居酒屋が繁昌するよう、街の賑わいを創り出していく施策を展開していく必要がある。いいお店があるから人が集まる、人が集まるから、お店が繁昌し、新規出店も増えるという、好ましい循環を創り上げていくことがここでも求められる。

居酒屋の楽しみ方は人それぞれだが、お風呂屋さんでひと風呂浴び、その後、居酒屋に立ち寄り、ビールでのどを潤す、という昔ながらの飲み方もよいのではないだろうか。灘温泉近く、「高田屋旭店一色屋」は、そんなお店のひとつかもしれない。よいお店だ。ある年の暮れ、家内と近傍の散策を楽しんだ。まず、阪急六甲の八幡神社に参拝。そして、都賀川を渡り、水道筋はずれ、灘温泉近くの「高田屋旭店一色屋」へ。

常連さんに長く愛されてきた名店である。ケースの中には、酒の肴になりそうなお皿が並ぶ。まずは、ビールとともに、「焼き穴子」、「鰯の生姜煮」を注文。すぐに、燗酒に切り替え、「出汁巻き玉子」、「きずし」などを追加注文。お酒は、レンジではなく、しっかりとお湯で温めてくれる。少し熱燗の仕上がりとなった。熱燗にはおでん、ということで、玉子、大根、こんにゃく、いとこんを盛り合わせていただく。「ごまめ」、「海鼠」で打ち止め。とりわけ、海鼠は、赤海鼠で、なかなか絶品であった。

年内の営業はこの日までだったようで、常連さんは、「よいお年を」と声をかけてお店を後にする。とても温かく、満足した気分で年の瀬のひとときを過ごすことができた。

神戸で老舗の名店と言えば、三宮高架下の「金盃 森井本店」を挙げる方が多いことだろう。一九一八年（大正七年）創業で、昨年、創業一〇〇周年を迎えられ、生田神社会館での祝賀会には私もお招きをいただいた。三宮から西に少し歩いた、高架下にある。玄関の引き戸を開けると、そこは、昭和の香りのする居酒屋の世界。一階はカウンターで、二階には、いくつかのテーブルがある。キリンのクラシックラガーが定番。いつも注文するのが、玉ひも煮だ。金盃のアテに、焼き鳥盛り合わせ、おでん、鰺の昆布締め、鰺の松前漬け、湯豆腐などを次々に注文。電車の音を聞きながら、ゆったりと時間が流れる。

湊川・新開地にも名店が多い。湊川公園東口近くの「丸萬」は、東京にいたとき、里帰りする前によく家内と立ち寄った。新開地の「八喜為」「高田屋 京店」も素晴らしいお店だ。このふたつの店には共通点がある。「八喜為」は二階が、「高田屋 京店」は地下が祝祭的居酒屋空間になっているが、ちゃんと一階にはカウンターがあり、そこでは、それぞれの好みで「ひとり酒」ができるようになっているのだ。

今の職業で、ぶらりと「ひとり酒」を楽しむことはなかなかままならないが、いずれまたそんな至福のひとときが戻って来ることもあるだろう。

〈追記〉池内紀さんは、本稿脱稿後の二〇一九年八月三〇日にご逝去されました。
心より哀悼の意を表します。

神戸の「たこ焼き」談議

三宮センタープラザ地下の「たちばな」。ときどき、昼休みにお邪魔している。「たちばな」の「たこ焼き」は、子供の頃から慣れ親しんだ大好物だ。

この「たちばな」のルーツが、新開地にあるとすれば、私は、昭和三十年代、物心ついたときから、新開地の路地裏で、「たちばな」の「たこ焼き」を食べていた。新開地の「たちばな」は、もう相当前に閉店になったが、十年くらい前までは、まだ看板などが残っていたし、新開地本通りにあるアーケードにはごく最近までその名前があった。

三宮の「たちばな」の味は、半世紀以上前とまったく変わっていない。まず、急須っぽい器に入っただし汁と小皿に盛られた三つ葉が出され、しばらくすると、赤い板の上に整然と並べられた、「たこ焼き」が運ばれてくる。

「たちばな」は、「明石焼き」とは名乗っていないが、それは、巷間にあふれている「明石焼き」の一種と思われる。しかし、私にとり、この結論にたどり着くまで、実はかなり長い経緯があった。

「明石焼き」という名前を知ったのは、新開地で「たちばな」の「たこ焼き」を食べていた頃よりずっと後、東京に出てからのことだった。私は、どこかの見知らぬ店で、「明石焼き」を初めて食し、「これは、「たちばな」のたこ焼きの偽物か！」と思ったのだった。そしてその後、「明石焼き」の看板や暖簾を掲げる店が増えていき、「たちばな」の「たこ焼き」と「明石焼き」との関係に関する疑問が膨らんでいった。

ずいぶん昔から、「明石焼き」が存在し、それを、「たちばな」の店主は「たこ焼き」として始め、当時の神戸っ子は、ちょっと毛色の違う「たこ焼き」として楽しんだのか。それとも、「たちばな」をはじめ、このタイプの「たこ焼き」が先にあり、それが、後年、「明石焼き」と名付けられたのか。

神戸に帰ってきて、ときどき、「たちばな」にお邪魔し、「たこ焼き」をいただきながら、いつもこの疑問がもたげてきて気持ちが悪い思いをしていた。正直言って、腹が立ったのだ。半世紀以上も前に、神戸っ子が「たこ焼き」として楽しんでいた料理を、どうして「明石焼き」と呼ばなければならないのかと。

このような疑問を呈した後、「たこ焼き」と「明石焼き」に関するいくつかの情報に接することができた。それらを総合すると、明石には、「たちばな」の「たこ焼き」に近い、「玉子焼き」という料理があったようだ。

明石観光協会に勤務されていた方のお話によれば、明石焼き（玉子焼き）の歴史は、江戸時代にまで遡る。江戸の鼈甲細工師、江戸屋岩吉が、明石に来ているとき、卵の白身が強力な糊の特性を持つことに気付き、「明石玉」と言うガラス玉作りを始めた。その後、「明石玉」の生産に卵が大量に使われるようになり、余った卵の黄身の利用方法として、明石の蛸と組み合わせた料理―「明石焼き」が生まれたのだそうだ。「明石焼き」の今のスタイルを作ったと言われている樽屋町の向井清太郎さんは、一九一九年（大正八年）に屋台で商売を始めたという。

これで、「たちばな」の「たこ焼き」のルーツが明石の「玉子焼き」にあったことは、ほぼ間違いないということになった。

東京の「明石焼き」について、少し記したい。東京には「明石焼き」の店がたくさんあった。歌舞伎町で初めて「明石焼き」の店に入ったのだが、残念ながら、「たちばな」の「たこ焼き」にほど遠く、全然、美味しくなかった。もう東京では「明石焼き」などやめておこうと思い、しばらく遠ざかっていたのだが、再び「明石焼き」に接することになったきっかけは、ある新聞記事だった。阪神・淡路大震災で被災された神戸のご夫婦が、新宿区の落合で「明石焼き」のお店を開いた、という内容だった。

そのお店の名前は、「多幸兵衛」。

しばらくして、落合の早稲田通りに面したそのお店に、役所の同僚と出かけた。少し年配のご夫婦が、おふたりだけでカウンターの中を忙しそうに立ち働いておられた。たくさんの種類のおでんのほか、酒のアテがたくさんあり、そして、「明石焼き」が看板メニューのようであった。私も注文したが、歌舞伎町の店と異なり、なかなか美味だった。

「多幸兵衛」には、その後、何回かお邪魔した。ご夫婦に、震災のときのこととか、このお店を開かれたきっかけとか、そして「明石焼き」のことなどお聞きしたかったのだが、繁華街から外れた住宅街のお店とは思えない繁盛ぶりで、結局、ご夫婦とゆっくり会話を交わすことはできなかった。

そして、「多幸兵衛」は、二〇一〇年（平成二十二年）、閉店になった。閉店になったことは、何かの折にインターネットで検索していて知った。神戸に帰ってきてしばらく経ってから、たこ焼き談議になり、私が「多幸兵衛」のことを話したのだろう。ある方が、震災前、「多幸兵衛」のご主人が神戸でお店を開いておられたときの名刺を送ってくださった。その名刺には、何と、「多幸兵衛　明石　たこ焼き」とあった。震災前の神戸のお店では、「明石焼き」の名前は使っておられなかったのだが、「明石」と明記してあった。後年、「明石焼き」という名前が広がったので、東京のお店では、「明石焼き」とされたのではないかと想像する。

『べっぴんさん』に「名の無い茶房」が登場

二〇一六年（平成二十八年）から二〇一七年（平成二十九年）にかけて放映された、連続テレビ小説『べっぴんさん』。登場人物の一人、良子のご主人の小澤勝二が、定年の後、主人公などが開いた子供服のお店「キアリス」の跡地に喫茶店を開店するシーンがある。喫茶店の名前はなく、看板には何も書かれていない。「名の無い茶房」だ。

このシーンを見て、新開地にあった喫茶「名の無い茶房」を想い出した。違いは、名前が「名の無い茶房」であったことだ。

一九六〇年代前半、私は、旧川池小学校に通っていた。この喫茶店がどこにあったのか、よく想い出せないが、よくお店の前を通ったことは確かなので、通学路にあったのか、よく遊んだ新開地の通りにあったのだろうと思われる。勝二が開店した「名の無い茶房」の看板はグリーン系の色だったが、新開地にあった店は何となく茶系統のイメージだったように記憶している。

この想い出をブログに書いたところ、中学生のときの担任の先生が手紙をくださり、「名の無い茶房」がお店の名前を募集したこと、当時、自分も含めてたくさんの人が思い思いの名前を考えて送ったことなどを教えてくださった。

当時の新開地は大変な人出で、喫茶店もたくさんあった。両親がときどき連れて行ってくれた喫茶店に、船室など客船の内部をイメージしたデザインのお店もあったが、名前は思い出せない。祖母から「スリに気ぃつけなあかんで」とよく言われたくらい、人、人、人でごった返していた。

おぼろげな記憶をたどると、おそらくは「名の無い茶房」は、当時すでに無人の廃墟になっていた「神戸タワー」の近くにあったような気がする。そして、「神戸タワー」のすぐ傍には、間違いなく中華料理「春陽軒」があった。割合に大き

多くの人で賑わう新開地聚楽館前(昭和40年頃)(写真提供神戸市)

な中華料理店で、母や祖母がよく連れて行ってくれた。お目当ては中華風の鍋、「火鍋《ホーコー》」だった。高かったので、特別なときしか口にすることはできなかった。芙蓉蟹《フーヨーハイ》も大好物だった。あんな綺麗な形をした、美味しい芙蓉蟹には、その後お目にかかったことがない。ワンタン麺もときどき食べたが、ワンタン麺は、当時、湊川公園東口にあった『蓬莱』のほうが好きだった。

「春陽軒」は、いま豚まんの名店として健在で、新聞にもときどき紹介されている。産経新聞神戸版（二〇一四年一一月六日）には、「神戸・新開地で親子三代、約九十年間守り続けている豚まんの味」とあった。子供の頃、余りにも身近な存在だったので、店の由来も知らなかったのだが、記事によると、一九二三年（大正十二年）創業の老舗。「当初は『和風中華料理店』として中華料理を提供していた」が、「二十年ほど前、建物が老朽したことから、閉店」。しかし、「店の再開を望む地元の声の後押しを受け、すぐに…豚まん専門店として復活した」とのこと。今では、午後二時半には売り切れ、閉店になることもある人気店だ。

新開地商店街に、「春陽軒」の名前が入ったアーケードがあるが、つい最近まで「たこ焼き　たちばな」の名前もあった。子供の頃、この通りにあった「たちばな」にもよく行ったが、移転後の「春陽軒」と「たちばな」がこの通りで同時に営業していた時期があったのだろうか。「春陽軒」伝統の味が地元のみなさんに愛され、新聞記事にもなって広く知られることは、昔からのファンの一人としてありがたく感じている。

村上しほりさんの近著『神戸 闇市からの復興』（慶應義塾大学出版会、二〇一八年）には、新開地の今昔が詳しく記されている。本書には、一九六九年（昭和四十四年）九月、取り壊される最中の神戸タワーと一九六三年（昭和三十八年）に竣工したポートタワーの両方が写っている写真が掲載されている。この写真は、一九六〇年代から新開地、そして神戸が急速に変わっていったことを象徴しているように思える。

神戸を代表する繁華街だった新開地も、その後少しずつ人出が少なくなり、一九八〇年代にはかなり寂れていたように思う。一九八四年（昭和五十九年）、まちづくり協議会が結成され、かつての活気とにぎわいを復活させるべく、住民主体の取り組みが始まった。一九九一年（平成三年）には「アートビレッジ構想」が策定され、文化・芸術のまちづくりがいよいよ本格化しようとしていたとき、あの地震が起きた。まちづくり協議会区域（約一二ヘクタール）の被害は、全壊家屋約四〇％、半壊家屋約二〇％と大きなものであった。

まちづくり協議会は、直ちに震災復興本部を設置し、復旧・復興活動に全力をあげた。震災前からすでに進められていたまちづくり事業は、中止することなく続けられ、新開地の街は蘇っていった。多くの復興事業が進む中、ハード・ソフトの両面にわたり事業の進行管理を行うため、一九九九年（平成十一年）には、特定非営利法人「新開地まちづくりＮＰＯ」が設立された。二〇〇一年（平成十三年）には「新開地音楽祭」が、二〇〇三年（平成十五年）には「新開地映画祭」がスタートした。たくさんの人々が集い、参加し、新開地本通りのみならず、湊川公園や路地横丁、商店街も賑わっている。

喜楽館入口（写真提供神戸市）

そして、二〇一八年（平成三十年）七月十一日、「神戸新開地・喜楽館」がオープンした。かつて「東の浅草、西の新開地」と呼ばれ、国内有数の繁華街だった神戸の新開地。落語や漫才の公演が毎日のように行われていた神戸松竹座が一九七六年（昭和五十一年）

に閉館して以来、約四十年ぶりに落語や伝統芸能が毎日演じられる場が復活した。「喜楽館」のオープンには、新開地の活性化に長年取り組んでこられた「新開地まちづくりNPO」が中心的な役割を果たした。たくさんのみなさんが参画して行われてきた努力がここに結実した。

「喜楽館」は、二階建て、客席の数は約二〇〇。建設費は、国、神戸市と兵庫県が助成し、運営は、「新開地まちづくりNPO」が行っている。「昼席」は、上方落語の定席、夜は、上方落語のほか東京の落語家さんの独演会、浪曲、講談、漫才、踊り、ジャズのライブなどが行われる。土曜日の「昼席」を楽しませていただいたことがあるが、客席は大入り満員。終演後は、みなさん思い思いに、新開地のお気に入りのお店に繰り出していく雰囲気のようだった。

新開地には、すでに老舗の「新開地劇場」があ

喜楽館オープンの舞台で（写真提供神戸市）

る。新開地劇場は、一九四六年(昭和二十一年)十一月、芝居と歌謡ショーを上演する劇場として、現在の劇場の向かい側にあたる場所に開場した。焼け野が原の中に出現した庶民の娯楽の場は、人々を元気づけたことだろう。戦後映画の勃興期、嵐寛寿郎、長谷川一夫、山田五十鈴などの人気俳優が次々に出演したと伝えられる。また、藤山一郎、田端義夫、村田英雄、美空ひばり、江利チエミ、雪村いずみなど後にテレビでも活躍することとなる歌手たちが新開地のステージを飾った。

現在の劇場は、大衆演劇専門館として、一九九五年(平成七年)十二月六日、柿落とし公演を披露した新劇場である。全国の大衆演劇場の中でも、日本一大きな舞台を誇る劇場は、一階が桟敷を含めおよそ二三〇席、二階はすべて桟敷で一〇〇人は座れる。ゴンドラや宙づりなど豪華な設備も備える。

上演される大衆演劇は、顔見世ショーから始まり、芝居、歌謡舞踊ショーへと続き、パワフルな舞台は合計三時間半。客席と舞台の一体感が魅力で、「座長!」などの掛け声があちらからもこちらからも飛ぶ。ファンからのお花(おひねり)も大衆演劇の醍醐味。

神戸のバー文化

東京にいたとき、神戸市の東京事務所の方から神戸新聞に連載されていた「神戸の残り香」のことをお聞きしたことがある。私が興味を示すと、さっそく連載のコピーを届けてくださった。成田一徹さんが描かれた切り絵の一枚一枚には懐かしい神戸の風景があった。成田さんが添えられた文章も丹念に読ませていただいた。その後、『神戸の残り香』は、二〇〇六年（平成十八年）に神戸新聞総合出版センターから単行本として出版され、さらに二〇一三年（平成二十五年）、『新・神戸の残り香』が出版された。頁を開くと、文字どおり往時の神戸の香りが立ち上ってくる。帯には、「この街には、もっと大人のにおいが漂っていたんじゃないか」との、成田さんの言葉が記されている。神戸の街に対する成田さんの遺言のように感じられた。

私は、二〇一二年（平成二十四年）十一月に神戸に戻ってきたが、残念ながら、成田一徹さんは十月に急逝されていてお会いすることは叶わなかった。その後、私が「神戸の残り香」について話していたことを、成田さんの奥さまがお知りになり、刊行されたばかりの『NARITA ITTETSU to the BAR』(神戸新聞総合出版センター、二〇一四年)を届けてくださった。

神戸をはじめ、東京、横浜、大阪、京都など全国のバーの風景が描かれている。さすがに銀座のバーが多い。銀座といえば高級クラブや超高級寿司店などが話題になることが多いが、銀座の文化はバー抜きには語ることができないだろう。もちろん、成田さんが愛情をこめて描いたのは神戸のバーだ。残念ながら閉店になっているお店もあるが、「ABUはち」「YANAGASE」「SAVOY北野坂」「パパ・ヘミングウェイ」「Sunshine Bar」などが健在だ。

時代とともに街が変わりゆくのは避けられないし、変化が求められる面もあることだろう。しかし、バー文化に代表される、神戸の街の「大人の匂い」は、やはりかけがえのないものだ。成田さんは『神戸の残り香』の中でこう記しておられる。

匂いは記憶と直接結びついている。その匂いを嗅げば、例え何十年前の記憶であってもたちどころに生々しく蘇ってくるというのは誰しも経験することであろう。

大人のバーには、もう存在していないはずの匂いが蘇り、漂ってくるような雰囲気がある。そのようなバーがある限り、神戸の街は「大人の街」であり続けることだろう。

あとがき

読書好きの方ならもしかしたらお気づきになるかもしれないが、拙著のタイトルは、川本三郎『東京残影』（河出文庫、二〇〇一年）から拝借している。「残影」は、川本氏の造語で、「記憶のなかから一瞬あらわれた町の影が、いまもどこかにかすかに残っているといった程度の意味である」と説明されている。川本氏の名著からタイトルを拝借するのは畏れ多いが、大著『荷風と東京』などを愛読している私としては、少しでもあやかりたいとの想いでこのタイトルとした。

『東京残影』には、川本氏が愛した映画、愛読した文学作品が数多く登場し、そこから東京の街の中の記憶が呼び覚まされる。川本氏は、「物語が二重化されることで、東京はいつしか実体を離れ、幻影の町に変る。その変容を見たいのである」と記しておられるが、私にはもちろんそんな芸当はできない。拙著は単に自分の記憶について単純に語っているだけである。なんの含蓄も、変容もない。

拙著で取り上げた記憶の多くは、神戸を離れるまでのせいぜい十八年余りのものであり、それらの記憶から派生して生起した出来事に関するものだ。神戸を離れてからの記憶はあまり記していない。里帰りする機会はもちろん幾度もあったが、それらの記憶は、なぜか高校生まで神戸で暮らしていたときの記憶とは一線を画しているのである。

私は、一九七二年（昭和四十七年）に高校を卒業して神戸を離れ、東京の大学で法学、政治学などの社会科学を修めて旧自治省に入省した。国の省庁と地方自治体を往復しながら地方自治に関わるようになった私にとり、帰省したときに目にする神戸の街の移り変わりは、自分の仕事や職業人としての関心と密接に関わっていた。

神戸であの地震が起きたとき、私は札幌市役所に勤務していた。札幌市の予算編成と議会対応が一段落した一九九五年（平成七年）三月、震災後初めて帰神して目にした光景は、もちろん衝撃的なものだった。あのときに目の前にあった現実は、そのときの仕事ともかかわっていた。

両親も年を取り、十年あまり前、相次いで亡くなった。晩年、入所していた施設に母を訪ねたとき、母は空っぽの冷蔵庫を指して言った。

「喜造、あそこに金庫があるやろ。あの中に何億いう金がはいっとうねん。あの金、ぜんぶ喜造にやるわ」

　今の仕事に個人的な感情を交えることはしないようにしているが、認知症の家族を持つ経験をしたひとりとして、あのときの記憶は、認知症対策の重要性を想い起こさせた。

　子供のとき、そして中学、高校の思春期のときの神戸での記憶は、かなり違っている。それらは、純粋に極私的な記憶として存在し、ときおり眼前に姿を現す。それらの多くは、そのときに眼前に浮かんだ光景と聞こえていた音たち、そしてしばしば漂っていた香りや匂い、さらには、五感のいずれにも分類できず、言葉では説明しようのない気配のようなものも入り混じっている。それらは、ときとして強烈な迫力をもって蘇ってくる。

　純粋に個人的な記憶には、表現が適切ではないかもしれないが、ある種の官能性がまとわりついている。私の場合、記憶が職業人としての問題意識、あるいは今の仕事と密接な関連を持つに至ったとき、官能性を喪失し、より現実的なものとなる。そのような実利的関心を持っておぼろげな記憶をたどろうとするとき、記憶自体は背景に退き、いま生起している課題との関連で記憶を解釈する。不思議なことに、東京にいたとき、ふとしたときに蘇ってきた光景が、神戸に帰ってきてからはもはや浮かんでこなかったりするが、それは、記憶の性質が変わったからではないかと思う。

拙著で取り上げた記憶の多くは、私にとり純粋な個人的な世界の中のものであり、今でもまざまざと、あるいはぼんやりとした風景の中にあって、官能性を伴って蘇ってくるものだ。単にこんなことがありました、ということをお伝えする以上の何でもない。単なる私的空間の世界である。

しかし、誰もが持っているであろう、そのような私的な記憶が、街にとって何の意味もないかと言えば、そう簡単に切り捨てられるものでもないような気がする。誰もが持っている、極私的な記憶が絶えることなく積みあがり続けているという世界を意識すること。そのような意識を持つかどうかで、街のありようは大きく変わってくるのではないだろうか。神戸のような大都市は、変化が早い。街の相貌は、日一日と変わっていく。その過程で、一人ひとりの中に記憶が蓄積され続けているという「現実」を意識すること。そのような意識から、何か街づくりの計画が導き出されるわけでもなければ、影響を受けるわけもないのだが、街のありように関わる人々が、このことを意識するのとしないのとで、長い目で見れば、街のありようは大きく変わるのではないだろうか。

一人ひとりが持つ都市の記憶を大切にしていきたいと思う。

◎主な参考文献

池内紀『今夜もひとり居酒屋』中公新書、二〇一一年
柏原宏紀『明治の技術官僚 近代日本をつくった長州五傑』中公新書、二〇一八年
川本三郎『荷風と東京「断腸亭日乗」私註』都市出版、一九九六年
川本三郎『東京残影』河出文庫、二〇〇一年
北関東防衛局広報第七七号「特集！不発弾処理隊」二〇一四年
神戸市『神戸市史 第三集 行政編』一九六二年
神戸市『神戸市史 第三集 社会文化編』一九六五年
新修神戸市史編集委員会『新修 神戸市史 歴史編Ⅳ』一九九四年
新修神戸市史編集委員会『新修 神戸市史 行政編Ⅰ』一九九五年
新修神戸市史編集委員会『新修 神戸市史 行政編Ⅲ』二〇〇五年
新修神戸市史編集委員会『新修 神戸市史 産業経済編Ⅳ』二〇一四年
神戸市（文書館）『神戸市史紀要「神戸の歴史」第二七号』二〇一八年
神戸市役所土木局『生まれかわる湊川公園』一九七〇年
神戸市『阪神・淡路大震災　神戸復興史』二〇〇〇年
神戸市『六甲山緑化100周年記念　六甲山の100年　そしてこれからの100年』二〇〇三年
神戸市（建設局公園砂防部六甲山整備室）『六甲山森林整備戦略』二〇一二年
神戸新聞社『神戸市電物語』神戸新聞総合出版センター、二〇〇九年

越澤明『後藤新平―大震災と帝都復興』ちくま新書、二〇一一年
小松正史『サウンドスケープのトビラ』昭和堂、二〇一三年
佐藤卓己『言論統制 情報官・鈴木庫三と教育の国防国家』中公新書、二〇〇四年
司馬遼太郎『街道をゆく21 神戸・横浜散歩 芸備の道』朝日文庫、二〇〇九年
「島田叡氏顕彰碑建立」発起人会『兵庫が生んだ沖縄の島守 嶋田叡さんを語り継ぐ Part2』二〇〇八年
新藤浩伸『公会堂と民衆の近代』東京大学出版会、二〇一四年
洲脇一郎『空襲・疎開・動員』みるめ書房、二〇一八年
瀧井一博『伊藤博文 知の政治家』中公新書、二〇一〇年
田辺眞人監修『神戸の150年』樹林舎、二〇一七年
田村洋三『沖縄の島守 内務官僚かく戦えり』中公文庫、二〇〇六年
ＴＢＳテレビ報道局「生きろ」取材班『一〇万人を超す命を救った沖縄県知事・島田叡』ポプラ社、二〇一四年
中川真『平安京 音の宇宙』平凡社、一九九二年
中島らも『僕に踏まれた町と僕が踏まれた町』朝日文芸文庫、一九九四年
成田一徹『神戸の残り香』神戸新聞総合出版センター、二〇〇六年
成田一徹『新・神戸の残り香』神戸新聞総合出版センター、二〇一二年
成田一徹『NARITA ITTETSU to the BAR』神戸新聞総合出版センター、二〇一四年
根本克夫『検証 神戸事件』創芸出版、一九九〇年
野里洋『汚名 第二十六代沖縄縣知事 泉守紀』講談社、一九九三年

秦郁彦『日本陸海軍総合事典（第二版）』東京大学出版会、二〇〇五年
兵庫県政一五〇周年記念「フランス領事の神戸アルバム」写真展 in Hyogo & Paris
兵庫県治山林道協会『六甲山災害史』一九九八年
御影地区まちづくり協議会『続・御影町誌』、二〇一四年
御影地区まちづくり協議会『まちづくり御影　第三四号』、二〇一七年
宮崎辰雄『神戸を創る―港都五十年の都市経営』河出書房新社、一九九三年
名生昭雄『兵庫県の農村舞台』和泉書院、一九九六年
松原隆一郎『頼公伝』苦楽堂、二〇一六年
村上しほり『神戸　闇市からの復興』慶應義塾大学出版会、二〇一八年

久元 喜造　ひさもと きぞう

1954年、神戸市兵庫区に生まれる。神戸市立川池小学校・小部小学校、神戸市立山田中学校、灘高等学校を経て、東京大学法学部卒業。

1976年、自治省（現・総務省）入省。青森県企画課長、京都府地方課長、札幌市財政局長、内閣官房内閣審議官、総務省自治行政局行政課長、選挙部長、自治行政局長などを歴任し、2012年神戸市副市長。2013年神戸市長に当選、現在2期目。

著書：『ネット時代の地方自治』（講談社、2013年）、『ひょうたん池物語』（神戸新聞総合出版センター、2016年）、『持続可能な大都市経営　神戸市の挑戦』（共著、ぎょうせい、2017年）

神戸残影《こうべざんえい》

2019年10月25日　初版第1刷発行

著者――――久元 喜造
発行者――吉村 一男
発行所――神戸新聞総合出版センター
〒650-0044　神戸市中央区東川崎町1-5-7
TEL 078-362-7140/FAX 078-361-7552
https：//kobe-yomitai.jp/
印刷／神戸新聞総合印刷

JASRAC 出 1909526-901

ISBN978-4-343-01053-7 C0095